Das Mädchen und die magische Blume

ALFONSO

PECORELLI

Das Mädchen und die magische Blume

Eine fantastische Reise
bis ans Ende der Zeit

www.woaverlag.ch

1. Auflage 2009

Illustrationen
Alfonso Pecorelli
alfonso_pecorelli@hotmail.com
Umschlag- und Inhaltgestaltung
Peter Suter, Zürich
Satz und Lektorat
WOA Verlag, Zürich
Druckpartner
CPI-BOOKS / Ebner & Spiegel, Ulm
ISBN 978-3-952-32804-0
www.woaverlag.ch

Für Christine, Jessica, Fabio und Lisa

und als Hommage an Antoine de Saint-Exupéry

Für alle Menschen dieser Erde,
die glauben, dass selbst die grösste
Finsternis das Licht einer
einzelnen Kerze nicht verhüllen kann.

I

Es war einmal ein kleines Mädchen. Das Mädchen wohnte auf einem blauen Planeten. Der Planet hiess Erde. Es war sehr schön auf der Erde, denn es gab alles, was das Menschenherz begehrte: Wasser im Überfluss, das man trinken konnte, weite Felder, auf denen man Weizen anbauen konnte, Flüsse, aus denen man Fische fangen konnte, hohe schneebedeckte Berge gab es, und viele grüne Wälder.

Und ganz viele verschiedene Menschen bevölkerten den Planeten Erde. Dunkle und helle Menschen, kleine und grosse Menschen, schöne und weniger schöne Menschen und auch junge und alte Menschen. Die Erde war ein Paradies. Doch es gab eine helle und eine dunkle Seite auf der Erde. Die Menschen auf der hellen Seite hatten alles: Autos zum Fahren, warme Häuser zum Wohnen. Sie konnten essen und trinken so viel sie wollten und oft gingen die Menschen auf der hellen Seite auch in die Ferien, hatten es lustig und alle waren sie glücklich.

Alle Menschen auf der Erde hätten so leben und sich freuen können. Aber dem war nicht so, denn obschon die Erde eigentlich reichlich Luft zum atmen, Wasser zum trinken und genügend Essen für alle Menschen bereithielt, gab es ganz viele Menschen, die auf der dunklen Seite lebten.

Und Marie war einer dieser Menschen. Denn Marie wohnte an einem Ort, wo es nicht genug zu essen gab, einem Ort, wo man vom Wasser trinken krank wurde und die Luft zum atmen so schlecht roch, das einem übel davon wurde.

Marie war acht Jahre alt und sehr krank. Sie hatte die Krankheit der «bösen Geister», wie diese von den Dorfbewohnern genannt wurde. Alle wussten, dass es keine

Heilung gab und, dass alle, die diese Krankheit bekamen, sterben mussten.

Auch Marie wusste das.

Maries Eltern und Geschwister waren schon an der «bösen Geister» Krankheit gestorben und so hatte sie bloss noch ihren alten Grossvater.

Maries Grossvater war der älteste Mann im Dorf und sehr weise. Er hiess Matimba, doch alle Kinder nannten ihn bloss Grossvater. Matimba lachte oft und gerne. Für ihn war Marie seine «kleine Prinzessin», wie er immer sagte. Doch heute lachte er nicht, denn er sass neben dem schmalen Bett, auf dem Marie lag.

Maries Haut, die sonst die Farbe von dunkler Schokolade hatte, war ganz blass und übersät mit unzähligen Wunden, die bluteten und ganz furchtbar juckten. Die vollen schwarzen Haare, das schöne runde kleine Gesicht, die strahlend blauen Augen und die kleinen roten Lippen; all dies war blass und eingefallen. Marie hatte ihr dunkelblaues Lieblingskleidchen an. Doch es schien auf einmal viel zu gross, denn sie hatte in den letzten Tagen sehr stark an Gewicht verloren. Ihre Arme und Beine sahen aus wie die dünnen Äste eines alten Baumes, die dürr und krank aus dem Kleidchen herauslugten.

Und obwohl es sehr warm in der Hütte ihres Grossvaters war, fröstelte ihr. Doch sie versuchte, sich nichts anmerken zu lassen und lächelte ihren Grossvater tapfer an. Dieser tupfte ihr den Schweiss behutsam von der kleinen Stirn und erwiderte Maries Lächeln. «Wie fühlst du dich heute, Marie?»

«Schon etwas besser, Grossvater», log Marie.

Matimba wusste, dass es soweit war. Und er wusste, dass Marie grosse Schmerzen hatte, es sich aber nicht anmerken lassen wollte, um ihm keine Sorgen zu bereiten. Sein Herz war schwer und leicht zugleich – er beugte sich über Maries wunderschönes Gesicht – denn er wusste, dass er *die Frage* stellen musste: Es war Gesetz – seit er sich erinnern konnte, war es Gesetz, *die eine Frage* zu stellen.

«Marie?», fragte er sachte.

«Ja Grossvater?» Ihre Stimme war sehr schwach.

Matimba beugte sich noch näher zu Marie und flüsterte ihr die Frage ins Ohr. Sie schaute ihren Grossvater mit grossen glänzenden Augen an – eine glitzernde Träne lief ihr über die Wange – doch sie antwortete ohne zu zögern, reinen Herzens und mit fester Stimme.

Seine Augen lächelten, er strich ihr über das schwarze Haar und flüsterte: «Schlaf jetzt, meine kleine Prinzessin. Du hast noch eine lange Reise vor dir.»

«Schlaf jetzt, meine kleine Prinzessin. Du hast noch eine lange Reise vor dir.»

Draussen ging die Sonne langsam unter und ein kühler Abendwind blies durch die Ritzen der Hüttenwände aus Bambusstäben. Maries kleine Hand suchte sachte die Hand ihres Grossvaters, ihr Atem ging schwer und rasselnd, und sie musste husten.

Die letzten Sonnenstrahlen drangen gelbrot, wie tausend goldfarbene Finger, durch die Ritzen der Hüttenwände und liessen alles in einem schimmernden Licht leuchten, sodass das Innere der Hütte – einen ganz kurzen Augenblick nur – wie der Palast eines Königs erstrahlte.

Dann wurde es dunkel.

Matimba hielt Maries Hand auch noch, als das Mädchen schon längst nicht mehr atmete. Bis zum nächsten Morgen hielt er Maries Hand in der seinen.

II

Zuerst war es ganz dunkel.

Kein Geräusch war zu hören. Marie hatte weder kalt noch heiss, sie spürte auch keinen Hunger – und obschon alles um sie herum pechschwarz war und nicht der kleinste Lichtschimmer zu sehen, hatte sie kein bisschen Angst und dachte nur: «So ist es also, wenn man tot ist.»

Sie fühlte sich leicht wie eine Feder. Ja genau, wie eine Feder in einer unendlich grossen, sanften dunklen Wolke schien sie zu schweben – und sie fühlte sich wohl, hatte keine Angst, keinen Hunger und keine Schmerzen mehr.

Dann plötzlich sah sie – ganz weit weg, wie es schien – Etwas! Sie hätte nicht zu sagen vermocht, wie viel Zeit vergangen war, doch sie konnte es nun ganz deutlich sehen: Ein kleiner Punkt. Ganz hell und winzig war der Punkt, so, wie wenn man nachts in den Himmel schaut und einen einzigen Stern sieht. Marie kniff die Augen zusammen, um besser zu sehen: Der weisse Punkt … er wurde grösser. Marie hatte immer noch keine Angst und fühlte nun eine angenehme Wärme, die sich wie eine weiche grosse Decke um ihren schlanken Körper legte. Der Punkt war nun kein Punkt mehr, nein, eher wie eine kleine Sonne sah er jetzt aus. Ja, auf einmal war der Punkt eine richtige kleine Sonne, die rasend schnell grösser wurde.

Marie konnte nicht sagen, ob der Punkt, der nun einer Sonne glich, grösser wurde, oder ob sie selbst sich darauf zubewegte. Auf einmal spürte sie etwas unter ihren kleinen Füssen. Sie war barfuss und es fühlte sich warm und weich an. Wie warmer Sand im Sommer am Meer fühlte es sich an. Sie schaute nach unten und sah, dass ihre Füsse tatsächlich von Sand umgeben waren. Und noch etwas bemerkte Marie im zunächst fahlen Schein des immer grösser werdenden Punktes: Ihre Arme und ihre Beine waren wieder, wie sie immer gewesen; keine beissenden Wunden mehr, keine blutenden, juckenden und eiternden Pusteln mehr. Die Haut war glatt und sanft und hatte wieder die Farbe von dunkler Schokolade.

Der Sand schien zuerst rötlich und wurde dann immer heller – alles um sie herum begann nun heller zu werden. Die kleine Sonne wurde mit jeder Sekunde heller. Marie schaute wieder von ihren Füssen auf und – es war Tag!

Sie drehte sich langsam um sich selbst, schaute sich um. Der Himmel war nicht mehr schwarz, sondern plötzlich blau. Das schönste Blau, dass Marie je gesehen hatte. Die Luft war warm und zugleich frisch, und Marie atmete tief ein und aus.

So frisch und gut riechend war die Luft, dass Marie zuerst das leise Summen gar nicht hörte. Doch dann wurde das Summen deutlicher. Marie hielt einen Augenblick den Atem an. Ja, jetzt konnte sie es hören: Das Summen klang merkwürdig. Ein Klang, den Marie noch nie gehört hatte. Sie begann zu gehen. Jeder Schritt war so leicht, sie schien immer noch halb zu schweben – und es machte Spass – denn jeder Schritt schien wie ein kleiner Sprung, der sie ganz schnell vorwärts kommen liess. Der Sand unter ihren Füssen wirbelte bei jedem Schritt auf und am Horizont konnte sie nun etwas erkennen.

Der Himmel am Horizont – immer noch ganz weit weg – wurde rot. So wie bei einem Sonnenuntergang. Doch das konnte nicht sein, dachte Marie, denn als sie ihren Blick in den blauen Himmel richtete, schien die Sonne hell und weiss wie vorhin schon. Sie begann zu laufen. Das Summen wurde lauter, der Himmel am Horizont war nun dunkelrot und – dann sah sie ihn: Den Berg!

Ein feuerroter Berg. Ganz einsam stand der rote Berg mitten in der unendlichen Weite. Zuerst noch ganz klein, doch ganz schnell immer grösser werdend, schien sie nun auf den roten Berg zuzufliegen. Ja, sie schien gar nicht mehr zu laufen, sondern zu fliegen und es war ein fantastisches Gefühl. Der Berg war jetzt dunkelrot und sah aus wie ein gigantischer Fladenkuchen – einer, wie Grossvater ihn manchmal aus Mais gemacht hatte.

Das Summen war jetzt überall und klang, wie wenn ein riesiger Bienenschwarm ein Lied summen würde. Marie war am Fusse des Berges angelangt und schaute mit offenem Mund die steilen roten Wände des Berges hoch. So weit das Auge reichte, war ausser Sand und dann und wann ein paar flachen Büschen, nichts zu sehen.

Marie ging etwas zurück, um den Berg nochmals in seiner ganzen Grösse zu betrachten – dann sah sie die Blume!

Dann sah sie ihn – den Berg!
Ein feuerroter Berg …
und dann sah sie die Blume!

Es war eine gelbe Blume. Sie musste sie vorhin übersehen haben. Es war eine wunderschöne gelbe Blume mir grossen leuchtenden Blättern. Marie ging in die Hocke und betrachtete die Blume genauer. Dann war es auf einmal ganz still. Das Summen war verstummt. Kein Laut war zu hören. Nur die Stimme hinter ihr, die fragte: «Gefällt dir die Blume?»

Marie zuckte vor Schreck zusammen und ihr Körper erstarrte einen Augenblick, doch die Stimme sagte: «Du brauchst keine Angst zu haben, Marie.»

Sie drehte langsam den Kopf, um zu schauen, wer sie angesprochen hatte. Er sass am Boden. Zwischen den Beinen hielt er ein langes, dickes Holzstück. Der alte Mann hatte eine dunkle Haut. Noch dunkler als Maries Haut war die seine. Er trug einen Lendenschurz und seine mächtige Brust war mit kringeligen grauweissen Haaren übersät. Sein struppiges Haar hingegen war pechschwarz und grellrot zugleich, und sein ebenso struppiger Bart war graurot und schwarzfarben durchmischt. Marie sah den merkwürdigen alten Mann mit grossen Augen an, da nahm dieser das Holzstück an seinen Mund und das Summen, das Marie vorhin gehört hatte, erfüllte erneut die Luft. «Das Summen kommt also aus dem Holzstück», dachte Marie.

Und wieder – genau wie vorhin – war alles von dem eigenartigen Klang erfüllt: Der ganze Himmel, die Luft und der Berg schienen zu Summen und zu Singen, zu Quaken und zu Sirren – die Luft, der Berg, die Büsche, alles war erfüllt von diesem eigenartigen Klang. Wie wenn unzählige Bienenflügel – vereint mit einer ganzen Armee von riesigen unsichtbaren Fröschen und Kröten, ein himmlisches Konzert anstimmen würden. Es klang sehr schön; merkwürdig klang es, aber dennoch sehr schön, wie Marie fand. Dann war es wieder still. Der alte Mann legte das Holzstück neben sich auf den Boden und schaute Marie schweigend und scheinbar neugierig an.

«Wer bist du?», fragte Marie leise und schüchtern.

«Ich bin alles», antwortet er.

Marie machte grosse Augen, «Du bist *alles*?»

«Ja, alles! Alpha und Omega, mein Kind, das Erste und das Letzte.»

«Hast du denn keinen Namen?»

Er musste lachen. «Haha … ich habe viele Namen und keinen Namen.» Dann schaute er Marie an, so wie sie da-

stand, mit ihren dünnen Ärmchen und Beinchen, die aus dem blauen Kleid herausschauten, und sprach lächelnd: «Nenn mich einfach Elvis.»

«Das ist aber ein merkwürdiger Name.» Sie kicherte und trat, noch etwas zögernd, einen kleinen Schritt auf den alten Mann zu. Plötzlich lachte dieser so laut, dass es sich wie das ferne Donnergrollen eines Gewitters anhörte und antwortete: «Hahaha! Da magst du Recht haben, meine Kleine. Haha, ganz gewiss hast du Recht. Doch was sind schon Namen.»

Geschmeidig und kraftvoll wie ein Löwe erhob sich Elvis und stand nun riesengross vor Marie. Sie schaute zu ihm hoch und fragte leise: «Wo bin ich hier?»

«Hier ist überall!»

«Welcher Tag ist heute?»

«Hier ist jederzeit!»

Sie schwiegen beide. Kein Laut war zu hören. Marie trat verlegen von einem Fuss auf den anderen, zupfte an ihrem blauen Kleidchen, sah an Elvis hoch und wisperte: «Darf ich dich Onkel Elvis nennen?»

Erneut ein donnerndes Lachen, diesmal noch lauter als zuvor, sodass Marie wieder vor Schreck zusammenzuckte und dachte, er sei wütend geworden wegen ihrer Frage. Doch bevor sie sich entschuldigen konnte, sagte er immer noch lachend: «Haha, aber sicher darfst du mich Onkel Elvis nennen … aber ganz gewiss.» Dann runzelte Elvis die Stirn und schien nachzudenken, seine gemurmelten Worte konnte Marie jedoch sehr gut hören: «Mhmhm, merkwürdig, mhhhm, nach all den Jahrtausenden bist du also der erste aller Menschen, der die Antwort wusste … mhmm, merkwürdig, in der Tat.» Er ging ein paar Schritte auf und ab, kratzte sich am Bart: «Und dich also haben die Menschen sterben lassen? Mhmm … dann ist es wohl nicht zu vermeiden. So sei es dann!»

Marie hatte seine letzten Worte sehr wohl gehört, doch wagte sie nicht zu fragen, was diese bedeuteten.

Elvis drehte sich um, ging vor Marie in die Hocke und sagte: «Zuerst will ich dir jedoch eine Geschichte erzählen. Es ist die älteste Geschichte der Menschen, doch die meisten scheinen sie vergessen zu haben.» Er seufzte, klopfte mit der Hand auf den Sandboden und fuhr fort: «Setz dich hier neben mich hin.»

Marie tat wie ihr geheissen und im selben Augenblick, als sie sich neben Elvis hingesetzt hatte, wurde der Himmel dunkel. Tausende leuchtender Sterne erhellten den Himmel, und wie von Zauberhand brannte ein knisterndes und wärmendes Feuer vor ihnen am Boden und Elvis begann zu erzählen.

«Während der Traumzeit lag die ganze Erde in tiefem Schlummer. Auf ihrer Oberfläche wuchs nichts, und nichts bewegte sich auf ihr. Und über allem lag eine grosse Stille. Die Tiere, auch die Vögel, schliefen noch unter der Erdkruste. Doch eines Tages erwachte Kunukban, die grosse Regenbogenschlange, aus ihrem langen Schlaf. Mit aller Macht drängte sie sich durch die Erde nach oben, und an jener Stelle, an der ihr gewaltiger Körper die Oberfläche durchstiess, schob sie sogar die Felsen beiseite.

Von jetzt an begann die grosse Schlange mit ihrer Wanderung. Sie zog in alle Richtungen gleichzeitig über das Land, und während sie sich dahinschlängelte, hinterliess sie ihre Spuren auf der Erde, sodass ihr Körper die Landschaft formte. Wenn sie müde wurde, rollte sie sich zusammen und schlief. An solchen Orten blieb der Abdruck ihres schlafenden Körpers zurück. So bereiste die grosse Schlange die gesamte Erde, bis sie schliesslich an den Ort zurückkehrte, an dem sie durch die Erdkruste gestossen war.

Dort rief sie die Frösche und forderte sie auf, ans Tageslicht zu kommen. Es dauerte eine Weile, bis die Frösche an die Oberfläche drangen, denn sie waren schwer, weil sich während ihres Schlafes eine enorme Wassermenge in ihren Bäuchen angesammelt hatte. Die Regenbogenschlange kitzelte die Frösche an den Bäuchen, bis sie laut zu lachen anfingen. Und während die Frösche lachten, ergoss sich ihr Wasser über die Erde und floss in die gewundenen Spuren, die die grosse Schlange auf ihren Wanderungen hinterlassen hatte. Auf diese Weise entstanden die Flüsse und Seen.

Bald danach begannen die Pflanzen auf der Erde zu wachsen. Das Gras färbte das Land an manchen Stellen grün, und mächtige Bäume reckten sich gen Himmel. Nun erwachten alle Tiere, strebten ans Licht und folgten der Regenbogenschlange, der grossen Mutter allen Lebens, durch das ganze Land. Alle lebten in ihren eigenen Stämmen, und alle waren glücklich auf dieser Erde. Die Vogelstämme flogen durch die Lüfte und nisteten in den Bäumen, die Emu- und die Kängurustämme bevölkerten die weiten Ebenen, und die Stämme der Reptilien verkrochen sich unter Felsen und Steinen.

Nun erliess die grosse Schlange Gesetze, die für alle Wesen Gültigkeit hatten. Alle mussten sich nach den Geboten richten. Manche Wesen gehorchten aber nicht, sondern stifteten Unruhe und stritten untereinander. Etliche raubten den anderen die Nahrung, und einige wollten ausgerechnet dort wandern und wohnen, wo sich schon andere Erdbewohner angesiedelt hatten.

Da wurde die Mutter allen Lebens zornig und rief: ‹Hört, ich werde all diejenigen belohnen, die sich an die Gesetze halten! Ich will sie zu Menschen machen. Und ich werde ihnen dieses Land geben, über das alle ihre Nachfahren wandern sollen. Diejenigen jedoch, die meine Gesetze brechen, werde ich bestrafen. Ich will sie in Stein verwandeln, sodass sie nie mehr über die Erde wandern können.›

Die Frevler versteinerten also, sie wurden zu Felsen, Hügeln und Bergen und mussten für alle Zeit stillstehen und über die Stämme wachen, die zu ihren Füssen durch das Land streiften.

Dann verwandelte die grosse Schlange diejenigen, die sich an die Gesetze hielten, in Menschen, und sie verlieh jedem von ihnen sein Totemwesen, von dem er stammte. So kannten sich die Stämme der Menschen anhand ihrer Ahnentiere und Stammeszeichen: Sie waren die Nachfahren des Emus, des Kängurus, des Schwarzkopfpythons und vieler anderer Ahnenwesen aus der Traumzeit. Die Regenbogenschlange erliess auch das Gesetz, dass kein Mensch sein eigenes Totemwesen jagen und essen dürfe, sondern nur jene der anderen Totems. So hatten alle zu essen, und niemand musste hungern. Die grosse Schlange hatte den Menschen die Erde gegeben, und sie sollte für immer ihnen gehören.»

Elvis streckte seinen Rücken, stemmte seine kräftigen Arme auf die Knie und beugte sich leicht vor. Marie starrte ihn gebannt an und konnte es kaum erwarten, den Fortgang der Geschichte zu hören, doch Elvis schien auf einmal nachzudenken: «Mhmm … wie lange ist das her?» Seine Stirn legte sich in Falten. «Schon sechsundzwanzigtausend Jahre ist das her, fast auf den Tag genau. Mhmm, ja ja … Tempus fugit ...», murmelte er in seinen Bart, dann schien er sich wieder zu erinnern, dass Marie ihn immer noch mit grossen Augen anstarrte und nicht erwarten konnte, wie die Geschichte weiterginge. Und so beugte er sich noch etwas weiter vor und fuhr fort.

«Die grosse Regenbogenschlange schläft seit Anbeginn der Zeit wieder tief in der Erdkruste, aber sie hat ein weiteres Gesetz hinterlassen.»

Elvis fuhr sich mit der Hand durch sein buschiges Haar, schien kurz nachzudenken, dann fuhr er fort: «Und wenn dieses Gesetz gebrochen werde – so prophezeite sie –, kehre sie wieder zurück.»

Wieder hielt er kurz inne und schien nachzudenken, sodass Marie nicht anders konnte, als die Frage zu stellen, die ihr auf den Lippen brannte: «Welches Gesetz denn, Onkel Elvis?»

«Nun, bevor sie sich wieder unter die Erdkruste zurückzog, sprach sie: ‹Ich habe euch alle belohnt und zu Menschen gemacht, habe für euch die Welt und alles, was darin ist, geschaffen und geschenkt. Solange ihr euch an die Gesetze haltet, soll diese Erde euch gehören, und wenn ihr eines Tages sterbt, dürft ihr zu mir kommen. Gemeinsam werden wir dann die Zeiten verbringen. Alle haben genug zu essen und alle werden wandern und glücklich sein, alle werden einen Platz bei mir finden, denn solange ihr euch an meine Gesetze haltet, wird es Platz für alle Menschen bei mir geben. Sollte jedoch Gier, Neid und Hass eines Tages euere Herzen erfassen, solltet ihr euch bekämpfen und gegenseitig töten, so brecht ihr mein Gesetz. Denn wenn dies geschieht, werdet ihr nicht mehr in der Lage sein, die *Frage der Fragen* aufrichtig, ehrlich und ohne Furcht zu beantworten. Und wenn ihr am Ende gar die letzte Seele opfert, die *eine* Seele, die die *Frage der Fragen* richtig beantwortete, dann werde ich wiederkommen. Doch nicht als Schöpfer aller Dinge, sondern als deren Zerstörer. Und dann wird herrschen ewige Finsternis für alle Zeiten.›»

Elvis schaute Marie an und schwieg. Eine Weile war es ganz still, dann wisperte Marie: «Bin ich die letzte Seele, Onkel Elvis?»

Er schaute sie lange an, dann strich er sanft über ihr Haar und sagte leise: «Ja, das bist du.»

Marie senkte den Kopf, eine Träne lief über ihre Wange, als sie fragte: «Und du, bist du Kunukban? Bist du die grosse Regenbogenschlange, Onkel Elvis?»

Seine Stimme liess den roten Berg erzittern, als er antwortete: «Ich bin alles!»

Er stand auf, der Himmel verdunkelte sich, die Sterne verschwanden, der Berg wurde so schwarz wie die dunkelste Nacht, die gelbe Blume verwelkte innert Sekunden und seine Stimme klang wie das Brüllen von tausend Löwen: «Die Menschen haben dich sterben lassen! Sie haben meine Gesetze gebrochen und missachtet. Sie bekriegen und töten sich gegenseitig. Die Menschen sind grausam, gierig und masslos geworden. Sie tun die schrecklichsten Dinge, die du dir überhaupt vorstellen kannst.» Er stampfte wütend mit dem Fuss auf den Sandboden, sodass die Erde und selbst der rote Berg bebten. Seine Stimme wurde etwas leiser: «Die Menschen … als meine Kinder habe ich die Menschen erschaffen, damit sie lernen ...» Er zögerte einen Augenblick und schien nach den richtigen Worten zu suchen. «... damit sie lernen, mit dem Leben umzugehen, ja, dies war einst meine Absicht.» Wieder stampfte er wütend in den Sand. «Die Zeit ist gekommen, alles zu beenden», schnaubte er, wohl mehr enttäuscht als wütend.

Ein eisiger Wind begann zu wehen und in der Ferne erhellten unzählige Blitze die Nacht und ein Grollen und Donnern kündigten von der ewigen Finsternis, die kommen würde. Elvis drehte sich um und ging vor Marie in die Hocke: «Du brauchst keine Angst zu haben, Marie, denn du wirst hier bei mir bleiben und dein Paradies haben. Alle anderen jedoch werden sterben und nie gewesen sein.»

«Alle Menschen?», fragte Marie erschrocken.

«Ja, alle! Alle, die je waren, alle die noch sind und alle, die noch gar nicht waren. Alle!»

Marie musste an ihren Grossvater Matimba denken, und sie musste an ihre Mama und an ihren Papa denken, und an alle anderen Menschen – und eine tiefe Trauer erfasste ihr kleines Herz.

Da wurden ihre Augen feucht und Tränen liefen über ihre schmalen Wangen. Sie senkte ihr Köpfchen, und eine einzelne Träne fiel direkt auf die verwelkte Blume vor ihr im Sand. Und im selben Augenblick, da Maries Träne auf die gelbe Blume tropfte, erblühte diese zu neuem Leben. Ihre eben noch braunen Blätter wurden wieder leuchtend gelb und lebendig und die Blume schien von innen heraus zu erstrahlen.

Elvis hob verwundert seine Augenbrauen, als er dies sah, brummte etwas in seinen Bart, fuhr mit seinen starken Fingern über Maries Wangen, um ihre Tränen zu trocknen und fragte: «Du willst nicht, dass es geschieht?»

Marie schüttelte ihr Köpfchen. Elvis dachte kurz nach, dann brummte er erneut etwas in seinen Bart, atmete tief ein und der Himmel war auf einmal nicht mehr dunkel, sondern wurde einen Augenblick lang taghell und dann wieder dunkel, doch die unzähligen Sterne erleuchteten wieder das Firmament und der eisige Wind blies nicht mehr.

Elvis atmete noch einmal tief aus, dann lächelte er Marie an und seine Stimme klang wieder sanft und ruhig: «Nun gut. Dann will ich den Menschen noch einmal eine letzte Chance geben.» Bevor Marie etwas sagen konnte, fuhr er fort: «Du wirst eine Reise machen, Marie.»

«Eine Reise?»

«Ja, eine Reise … durch die Zeiten … zu den Menschen.»

Immer noch vor Marie in der Hocke, pflückte er die gelbe Blume und stand wieder auf. Er streckte sie Marie hin und sagte: «Nimm die Blume mit.» Jetzt beugte sich Elvis wieder ganz nah zu Marie hinunter und flüsterte: «Es ist eine Zauberblume.»

«Eine Zauberblume?» Marie wischte sich die restlichen Tränen aus den Augen, kicherte ein wenig verlegen und erwiderte schüchtern: «Aber es gibt doch keine Zauberblumen, Onkel Elvis.»

«Oh doch, hier schon, Marie.» Er streichelte die Blume über deren Blätter, dann bückte er sich behände, nahm eine Handvoll Sand auf und liess den Sand langsam zwischen seinen Fingern wieder zu Boden rieseln. Dabei lächelte er Marie wieder an: «Hier ist alles möglich, meine kleine Prinzessin», und während er noch sprach, begann der Sand sich zu verändern. Auf einmal wurde alles grün, aus dem Boden wuchs blitzschnell Gras, ein saftiges grünes Gras, wie es Marie in ihrem ganzen Leben noch nie gesehen hatte. Und ganz viele farbige Blumen sprossen aus dem Boden, soweit Marie schaute – überall grünes Gras und farbige Blumen.

Marie starrte mit offenem Mund auf dieses Wunder und wollte Elvis eine Frage stellen, doch bevor sie einen Laut über ihre Lippen brachte, legte Elvis seinen Zeigefinger auf ihren Mund und drehte mit der anderen Hand ihren Kopf sanft in Richtung des roten Berges.

Marie traute ihren Augen nicht.

Der riesige Berg begann, zuerst ganz langsam und dann immer schneller, im Boden zu versinken. Genau so, als ob ein riesiges Schiff im Meer versinken würde – und auf einmal war der Horizont nicht mehr nur Sand und Himmel, nein, dort wo vor wenigen Augenblicken noch der Berg gestanden, sprudelte jetzt – ein Meer aus dem Boden.

Ein richtiges Meer aus Wasser. Wasser, so funkelnd blau, grün und türkisfarben, wie es noch kein Mensch je zuvor gesehen hatte. Und der Strand! Der Strand war schneeweiss, so weiss und glitzernd wie eine Million Sterne – oder gar eine Milliarde Diamanten. Und der Strand war gesäumt von grossen, wunderschönen saftiggrünen Palmen, die sich sanft im Wind wiegten. Und Marie stand mittendrin; am Strand, am Meer. Und dann waren auf einmal ganz viele Tiere zu sehen und Menschen. Ganz viele Menschen waren auf einmal um Marie. Menschen aller Hautfarben, junge und alte Menschen, und alle waren gesund und fröhlich. Und auf einmal sah sie ihn! Noch fern war er, doch er schritt langsam, lächelnd und heiter winkend auf Marie zu. Es war ihr Grossvater Matimba! Und neben Grossvater Matimba waren ihre Mama und ihr Papa, die den weissen Strand entlang auf Marie zukamen.

Maries Herz pochte wie verrückt und sie fühlte sich so glücklich wie nie zuvor im Leben.

Da spürte sie Elvis' Hand auf ihrer Schulter. Sie drehte sich lächelnd um und sagte: «Siehst du sie auch, Onkel Elvis?»

Er lächelte zurück: «Das ist dein Traum, Marie, dein Paradies.» Er machte eine kurze Pause, dann fuhr er fort: «Jeder Mensch, der die Antwort auf *die Frage* kennt, erhält sein Paradies.»

Dann bewegte er kurz seine Hand und – alles war wieder wie vorhin. Der Berg stand wieder an seinem Platz, das Meer, der Strand, die Blumen, das Gras, die Tiere und Menschen waren einfach weg. Und auch ihr Grossvater und ihre Eltern waren nicht mehr zu sehen. Nur der rote Berg und die unendlich weite Steppe aus Sand und Büschen, und mittendrin in der unendlich weiten Steppe waren wieder Elvis, Marie und die gelbe Blume ganz allein.

«Ich will, dass du diese Reise machst, denn ich muss wissen, wie weit die Menschen schon sind und ob sie eine zweite Chance verdient haben. Die Menschen, die du besuchen wirst, werden denken, dass du ihnen im Traum erschienen seist. Du wirst jeden zweimal besuchen.»

Bevor Marie eine Frage stellen konnte, schien er schon zu wissen, was sie dachte und antwortete: «Nein, du wirst nicht wählen können, wen du besucht. Dies ist schon vorbestimmt. Und wenn du zurückkommst ...» – seine Augen verfinsterten sich, als er weitersprach –, «… werde ich entscheiden, was mit den Menschen geschehen soll.»

Marie war ein wenig traurig, dass sie nicht mit ihrem Grossvater und ihren Eltern hatte sprechen können, und so nickte sie nur.

«Die Blume wird dich begleiten. Gib jedem Menschen beim ersten Besuch eines ihrer Blätter. Keine Angst, das Blatt wird nachwachsen.»

Er streckte seine Hand aus und Marie nahm die gelbe Blume ganz sachte an sich. Sie streichelte, wie Elvis vorhin, über deren Blätter und dann hörte Marie eine Stimme. Es war die Blume, die sprach! Und die Stimme klang sanft und leise wie ein Windhauch, aber auch klar und hell wie eine goldene Glocke: «Willst du, dass ich dich begleite, Marie?»

«Oh ja gewiss. Ich würde mich sehr freuen, wenn du mich begleitest.»

Die Blume lächelte und Marie fragte: «Wie heisst du denn, schöne Blume?»

«Ich habe

keinen Namen.» Ihre gelben Blätter neigten sich nachdenklich zur Seite, der Blume schien es nicht zu gefallen, ganz ohne Namen die grosse Reise mit Marie zu machen und so sprach sie mit weicher Stimme: «Du kannst mich Isabelle nennen.»

Elvis musste wieder donnernd lachen. «Gut, dann wird

dich Isabelle also auf deiner Reise begleiten. Ich will, dass du den Menschen dieselbe Frage stellst, die dein Grossvater Matimba dir stellte bevor du ...» Er beendete den Satz nicht, sondern lächelte, und seine Zähne blitzten so weiss wie die Sonne selbst. «Erinnerst du dich noch an die Frage?»

«Ja ...» Maries Stimme klang traurig, «… und ich vermisse meinen Grossvater.»

«Ich weiss … mach dir keine Sorgen. Es geht ihm gut.»

Er beugte sich ganz nahe zu Marie, sah tief in ihre blauen Augen. Seine Stimme klang auf einmal merkwürdig und seine Stirn legte sich in Falten: «Und noch etwas, Marie. Du musst einen Menschen finden, der die Frage am Ende seines Lebens reinen Herzens richtig beantworten kann! Und du musst dich damit beeilen Marie, denn je länger du dazu brauchst, desto schwächer wirst du werden … bis du ...» Er verstummte, schaute in ihre unschuldigen Augen, ohne den Satz zu beenden.

«Aber ...»

«Geh jetzt ...»

«Onkel Elvis?»

«Was denn noch?», brummte er.

«Was kann denn Isabelle zaubern?»

«Sie bringt Ideen.»

«Das verstehe ich nicht.»

«Sie bringt Menschen auf Gedanken.»

«Was für Gedanken denn?»

«Auf solche, die zwar tief in ihnen schlummern, auf die sie jedoch noch nicht gekommen sind. Ein Mensch wird sie kennen … die Antwort auf *die Frage*.» Er hob den Kopf und schaute in den sternenübersäten Himmel, strich mit der einen Hand durch seinen struppigen Bart. Da obsiegte wieder Maries Neugier und sie konnte nicht umhin zu fragen: «Vielleicht gibt es mehr als eine richtige Antwort,

Onkel Elvis?»

Er blickte sie erstaunt an, seine Stirn legte sich erneut in Falten, seine Augen leuchteten kurz auf, dann lächelte er so breit, dass seine Zähne blitzen wie das Funkeln Tausender Sterne, und dann hob er Marie wie eine Feder zu sich hoch und sagte mit freundlicher, doch bestimmter Stimme: «Das ist eine gute Frage, Marie, doch du kannst mir glauben – es gibt nur *eine* richtige Antwort auf die Frage.» Seine warme Hand strich über Maries schmale Wange. «Etwas ganz Wichtiges musst du noch wissen. Du darfst Isabelle auf gar keinen Fall einem Menschen geben. Nur ein Blatt von ihr darfst du den Menschen geben. Hast du das verstanden?»

«Ja, Onkel Elvis.» Maries Gesicht war ganz nah an dem seinen, so dass sie fast seine buschigen Augenbrauen berührte. «Was geschieht denn ...?»

Wieder schien er ihre Frage schon zu kennen: «Sie verleiht Macht … grosse Macht. In den Händen eines Menschen darf dies nicht sein.» Er zögerte, dann fuhr er fort: «Und was du auch wissen musst, Marie; wenn du Isabelle aus deinen Händen gibst … wirst du noch einmal sterblich … und ...» Er sprach den Satz nicht zu Ende, räusperte sich laut und streichelte erneut über ihr Haar. Marie umklammerte Isabelle ganz fest – sie hatte verstanden, doch eine letzte Frage musste sie einfach noch stellen: «Und was geschieht, wenn keiner der Menschen die Antwort kennt?»

Marie schaute ihn mit ihren grossen Augen lange an, ihr Blick war etwas traurig, doch Elvis legte seinen Zeigefinger ganz sachte auf ihre Lippen, setzte das Mädchen wieder auf den Sandboden, streichelte nochmals über ihr Haar und sagte: «Geh jetzt, meine kleine Prinzessin, und vergiss die Frage nicht.»

III

Marie reiste durch die Zeiten.

Alles um sie herum schien zu verfliessen. Farben überall! Die Farben änderten sich wahnsinnig schnell, mal schienen sie zu verschmelzen, dann sich zu Kreisen zu formen, und plötzlich schien Marie mitten in einem Himmel voller bunter Ballone zu schweben. Überall war Licht, sie fühlte sich wie eine Feder und wie ein Vogel zugleich – ja, ein Gefühl, wie zu schweben und zu fliegen, zugleich stillzustehen

Sie konnte das Rot riechen, das Grün fühlen, das Gelb atmen.

und aberwitzig schnell durch das farbige Licht zu sausen, viel schneller, als ein Vogel fliegen kann, schneller noch als ein Flugzeug oder eine Rakete – und sie hatte keine Angst. Trotzdem hielt sie Isabelle ganz fest umklammert.
Inmitten dieses Ozeans aus Farben und Licht schwebte der Klang aus Elvis' Holzinstrument mit. Das Summen und Singen erklang so mächtig wie nie zuvor. Durch das ganze Universum hallte diese Musik … immer lauter wurde das Summen und Singen, das Sirren und Quaken, immer stärker schwoll es an, durchdrang alles, was existierte und trug Marie und Isabelle immer weiter mit sich fort im Strom der Zeit. Alles schien selbst zu dieser himmlischen Musik, zu dieser Substanz zu werden. Ein Klang, dessen Wesen unerklärlich war.

Immer schneller schien sie zu reisen, die Farben, das Licht, alles wirbelte immer schneller um sie herum. Marie hatte das Gefühl, selbst zu den Farben um sich herum zu werden, zu verschmelzen im Lichtstrom der Zeiten und der Unendlichkeit. Sie konnte das Rot riechen, das Grün fühlen, das Gelb atmen. Sie hatte das Gefühl, Teil eines riesigen Regenbogens zu sein, darin zu fliegen und zu schweben, in einem Regenbogen, der grösser war, als es sich ein Mensch überhaupt vorstellen konnte. Licht, so farbig und leuchtend, wie noch kein Wesen es je zuvor gesehen hatte.

Marie hätte nicht bestimmen können, wie lange dieses Gefühl und die Reise dauerte – denn die Zeit war nicht mehr.

Plötzlich war es vorbei.

Marie hätte nicht sagen können, ob das Ganze nur einen Wimpernschlag gedauert hatte oder tausend Jahre lang.

IV

Sie schaute sich um.

Sie stand vor einem grossen hellen Haus mit mächtigen, schneeweissen Säulen vor dem Eingang. Um sie herum herrschte geschäftiges Treiben, ganz viele Menschen – die meisten in lange weisse, manche auch in farbige Gewänder gekleidet – eilten durch die Strassen. Andere standen auch bloss beisammen und sprachen munter miteinander, wieder andere kauften Früchte und Gemüse ein und manche taten das Eine und das Andere gar gleichzeitig.

Marie schaute sich um, unsicher, was sie tun sollte. Doch keiner der Menschen schien sie wahrzunehmen, denn niemand sprach sie an. Gar manche schienen direkt durch Marie hindurchzugehen, ohne sie zu bemerken. Marie hielt Isabelle immer noch in den Händen und fragte: «Wo sind wir hier, Isabelle?»
«In Griechenland», antwortete Isabelle mit sanfter Stimme.

«Griechenland? Was ist das?»

«Das ist ein Land, Marie … und wir sind in der Vergangenheit.»

«In der Vergangenheit?», staunte Marie.

«Ja, in der Vergangenheit.» Isabelle lächelte Marie an. «2400 Jahre bevor du gestorben bist, um es genau zu sagen. Ach, ich sehe schon, das verwirrt dich alles … ist ja auch verständlich. Also lass es mich so sagen Marie: Wir sind bei deinem ersten Besuch angelangt.» Sie machte eine kurze Pause. «Hier im antiken Athen wohnt der erste der Menschen, die du treffen wirst. Ah ja, bevor ich es vergesse und damit du keine Angst zu haben brauchst. Es können uns nur die Menschen sehen, denen unser Besuch gilt.»

«Echt?»

«Ja … echt!»

«Cool!»

«Tss .. tss … diese Jugend.» Isabelles Blätter rümpften sich. «Geh jetzt zum Tor des Hauses.»

Marie tat, wie ihr geheissen und trat an das grosse Tor zwischen den weissen Säulen und wollte gerade anklopfen, da öffnete sich das Tor. Ein grosser Mann mit einem langen weissen Bart und ebenso weissen Haaren trat ins Freie. Hinter ihm erschien ein Junge. Der Mann beugte sich über den Jungen und sprach: «Ich gehe aus, mein Sohn. In der Zwischenzeit wirst du brav hier bleiben und etwas lernen.»

Der Junge war etwas grösser als Marie, jedoch wohl nicht viel älter als sie selbst. Er hatte dunkles, fast schwarzes, Haar, ein schmales Gesicht und schöne braune Augen. Er schaute zu seinem Vater auf und antwortete: «Ja gewiss, mein Herr und Vater Ariston. Das werde ich tun.»

Der Vater lächelte seinen Sohn etwas strenger als beabsichtigt an, dann ging er. Jetzt erst schien der Junge Marie wahrzunehmen. Er schaute sie neugierig an und fragte: «Wer bist du?»

«Ich heisse Marie.»

Der Junge schien mehr erstaunt als furchtsam, trat einen Schritt auf Marie zu. «Du bist ja ganz schwarz.» Marie musste kichern und antwortete: «Ja, das bin ich.» Dann hielt sie Isabelle etwas hoch und fragte: «Gefällt dir die Blume?»

«Ja, sie ist sehr schön.»

«Und du? Wie heisst du denn?»

Der Junge zögerte, sein Misstrauen war grösser als seine Neugier und er erinnerte sich, was sein Vater Ariston ihm eingeschärft hatte: Niemals seinen eigenen Namen einer fremden Person zu verraten. Marie erriet seine Gedanken und sprach einfach weiter: «Du hast Recht, man sollte immer auf seine Eltern hören. Und was tust du hier?»

Er schaute sie verwundert an: «Was ich hier tue? Na, ich wohne hier.»

«Und sonst? Wenn du nicht gerade wohnst?»

«Du stellst merkwürdige Fragen. Ich lerne und denke nach.»

«Was lernst du denn?»

«Mathematik, Geschichte, Kultur, Logik … eben alles, was man wissen muss.» Er machte eine kurze Pause, dann murmelte er fast unhörbar und wohl mehr zu sich selbst: «… und ich denke nach. Über das Wesen der Dinge.»

«Das muss aber anstrengend sein», unterbrach ihn Marie.

«Nein, eigentlich nicht ...» Nun wurde der Junge etwas mürrisch: «Was willst du eigentlich …?» Bevor er weiter sprechen konnte, erinnerte sich Marie an das, was Elvis ihr aufgetragen hatte. Sie zupfte ganz sachte eines von Isabelles Blättern aus und hielt es dem verdutzten Knaben hin. «Hier, das schenke ich dir.»

Der Junge nahm das Blatt an sich, schaute es etwas verwirrt an, wollte dieses merkwürdige «Geschenk» zu Boden fallen lassen, doch bevor er dies tun konnte, geschah etwas sonderbares: Das gelbe Blatt in seiner Hand begann zu leuchten – zunächst ganz zaghaft, dann immer stärker und heller. Die Luft war plötzlich von demselben Summen erfüllt, das Marie schon kannte. Dasselbe Summen, das Marie gehört hatte, als sie Elvis das erste Mal getroffen hatte. Ein Summen, nein, mehr ein Singen und Summen zugleich, als ob ein riesiger Bienenschwarm ein Lied, Millionen kleiner Bienenflügel schwingend, singen würde. Dann fühlte Marie, wie Isabelle sich in ihrer Hand bewegte. «Wir müssen jetzt gehen Marie.»

Der Junge konnte Isabelles Stimme nicht hören, stand immer noch wie erstarrt an derselben Stelle und schien in

Gedanken ganz weit weg zu sein. Und nun leuchtete nicht nur das Blatt in der Hand des Jungen, sondern auch er selbst wurde von diesem Licht erfasst, sein ganzer Körper, seine Arme, seine Haare und Augen, ja selbst sein Gewand wurde von diesem seltsamen Licht erfasst. Er selbst schien zu diesem Licht zu werden. Dem Knaben wurde ganz merkwürdig im Kopf, alles begann sich um ihn zu drehen, dann sank er in die Knie. Er wollte noch etwas zu Marie sagen, doch er brachte kein Wort mehr über die Lippen, sackte nun vollends zu Boden und schlief ein.

Als er wieder erwachte, wusste der Junge nicht, wie viel Zeit verstrichen war, doch das Summen war verstummt und das Leuchten vorbei – ganz still war es jetzt um ihn herum.

Der Knabe stand auf und erst allmählich drang der Lärm der Strasse und der Menschen wieder in sein Bewusstsein. Er sah sich, immer noch leicht benommen, nach Marie und der Blume um, doch er stand allein vor dem grossen Tor. Das Mädchen und die Blume waren verschwunden und alles schien ein Traum gewesen zu sein.

Viele Jahre vergingen. Der Junge hatte nie jemandem von seiner Begegnung mit Marie erzählt. Nicht einmal seinem Vater Ariston hatte er davon berichtet. Er wollte nicht, dass man ihn auslachte und schon bald war er überzeugt davon, das Ganze bloss geträumt zu haben.

Und dennoch – dann und wann zweifelte er daran, ob alles nur ein Traum gewesen sei, denn seit diesem einen Tag, an dem er das kleine Mädchen getroffen hatte, seit dem Tag, an dem Marie ihm das gelbe Blatt der Blume gegeben hatte und er dieses merkwürdige Summen und Singen gehört hatte, und seit er danach aufwachte und nicht mehr wusste, ob er alles geträumt habe oder nicht – seit diesem Moment, in dem dies alles passierte –, waren ihm all seine grossartigen Gedanken und Ideen gekommen. Er wurde ein grosser Denker und Philosoph, unternahm viele Reisen und gründete eine Schule. Doch er ahnte, dass seit dem Tag seiner Begegnung mit dem kleinen schwarzen Mädchen und der gelben Blume, dass seit diesem «Traum» etwas mit ihm geschehen war. Etwas, das ihn auf seine wichtigsten Gedanken und Ideen gebracht hatte. Ja, tief in seinem Inneren wusste er, dass diese Begegnung es gewesen sein musste, der er seine ganze Klugheit und Berühmtheit zu verdanken hatte.

Nun war er sehr alt geworden und sass in seinem grossen schönen Haus in seinem Arbeitszimmer. Er wusste, dass er nicht mehr lange leben würde und so hatte er gerade heute beschlossen, seine letzten Gedanken niederzuschreiben und auch sein Testament zu machen, da er weder Frau noch Kinder hatte. Er war so tief in Gedanken versunken, dass er zunächst das zaghafte Klopfen am Eingangstor überhörte.

Poch, poch, poch … wieder dieses leise Pochen.

Er stand ächzend aus seinem Sessel auf. Keiner der Hausangestellten schien das Klopfen gehört zu haben. Er machte sich etwas mürrisch auf den Weg zum Eingangstor. Wer störte ihn zu dieser Stunde denn noch? Als er öffnete, glaubte er seinen Augen nicht zu trauen. Er war überzeugt zu träumen, denn vor dem Tor stand – das kleine Mädchen!

Sie sah genauso aus wie in seinem Traum als Knabe. Die struwweligen schwarzen Haare umrahmten das hübsche Gesicht und ihr blaues Röckchen umhüllte den schmalen Körper. Und genau wie in seinem Traum vor vielen Jahren hielt das Mädchen eine gelbe Blume in den Händen. Und das Mädchen war keinen Tag älter geworden! Und schon deshalb war er überzeugt davon, dass es nur ein Traum sein könne.

«Duuu?» Mehr brachte er nicht über die Lippen.

«Darf ich reinkommen?» Und bevor er antworten konnte, huschte Marie an ihm vorbei ins Haus. Er folgte ihr, so schnell ihn seine alten Beine trugen und war immer überzeugter, zu träumen. Es konnte unmöglich dasselbe Mädchen sein, denn es waren viele Jahrzehnte vergangen und das Mädchen sah noch genau so aus, wie er sie in Erinnerung hatte.

«Das ist aber ein schönes Haus.» Marie stand im Innenhof und drehte sich fröhlich um ihre eigene Achse. Dann setzte sie sich auf einer der Bänke aus Stein, die den grünen Garten des Innenhofes säumten und schaute ihn lächelnd an: «Erinnerst du dich an uns?» Maries Hände streichelten Isabelles Blätter, während sie sprach. Er brachte

«Das Wesentlichste, was ich entdeckt habe ist, das alles im Universum auf der Idee des Guten basiert», sprach Platon.

zunächst nur ein Stammeln zustande: «Du … du … das muss ein Traum ...»

Maries Beine waren so kurz, dass sie – wie sie auf der Bank sass – nicht ganz zu Boden reichten und so liess sie diese leicht hin und her baumeln, während sie ihn unterbrach und leise kichernd fragte: «Was hast du also alles erreicht in deinem Leben?»

Der alte Mann war so überrascht, dass er zunächst bloss ein kurzes Schnauben zustande brachte. Es klang wie das Schnauben eines Pferdes und Marie musste wieder kichern.

Dann erinnerte sie sich jedoch wieder, weshalb sie hier war und wer sie geschickt hatte und so wiederholte sie mit derselben sanften Stimme – doch diesmal ohne zu kichern – ihre Frage: «Was hast du also erreicht ...?»

Da hatte sich der alte Mann vom ersten Schock erholt, baute sich gross und stockgerade vor Marie auf und sprach mit erhobenem Zeigefinger und tiefer, fester Stimme: «Ich habe das Wesen aller Dinge gefunden! Ich bin der grösste Denker aller Zeiten. Ich ...»

«Was ist das Wesen aller Dinge?» Marie hatte ihn einfach in seiner Rede unterbrochen.

«Wie? … was ...?» Er war so verdutzt, dass er zunächst nicht weiter wusste.

«Na, das Wesen aller Dinge, wie du sagst. Ich versteh das nicht. Erklär es mir bitte.»

«Ach … das verstehst du doch nicht. Du bist ja bloss ein Mädchen … und erst noch eines in einem Traum.»

«Dann kannst du ja nichts verlieren, wenn du es mir erklärst.»

«Mhmm ...» Er kratzte sich an seinem langen weissen Bart, brummte vor sich hin: «Mhmm … naja, eigentlich hast du Recht. Das ist ja ein Traum, da kann ich es dir ja auch erklären.» Er stand immer noch mit erhobenem Zeigefinger da. Dann stiess er einen langen Seufzer aus, senkte seinen Arm und setzte sich neben Marie auf die Bank. Dann begann er zu sprechen: «Die Idee setzt keine Materie voraus, denn die res cogitans ist unabhängig von der res extensa und somit ...»

Der alte Mann redete und redete. Immer eifriger – er schien alles um sich herum vergessen zu haben – sprach er stundenlang weiter. Er war aufgestanden und gestikulierte wild mit seinen Armen, hob dann und wann seinen Finger wie zur Ermahnung, um seinen Worten Nachdruck zu verleihen, und redete immer weiter. Währenddessen sass Marie auf der Bank, ihre Beinchen baumelten über dem Boden hin du her, und sie lächelte den alten Mann immerfort an, ohne ihn ein einziges Mal zu unterbrechen. Dieser redete in einem fort, benutzte viele komplizierte Wörter wie «Dialektik», «intuitive Vernunft», und er sagte auch Sätze wie: «… das immer ist, nicht entsteht und nicht vergeht, nicht grösser und nicht kleiner wird, das an keinen bestimmten Ort und an keine bestimmte Zeit gebunden ist, das sich überhaupt nicht in irgendeinem Raum, weder auf der Erde noch im Himmel befindet, sondern rein und lauter und unvermischt als ein an und für sich bestehendes einzigartiges Sein ewig in sich ruht, an dem alles andere teilhat, jedoch in der Weise, dass sein Werden und Vergehen jenes wahre Schöne nicht berührt.»

Dann erklärte er seine Gedanken ausführlich anhand eines Beispiels, das er erfunden habe, um diese auch einfachen Menschen leicht und verständlich zu machen. Er nannte es das «Höhlengleichnis» und das gehe so: In einer Höhle sässen ein paar gefesselte Menschen. Hinter deren Rücken würden Gegenstände vorbeigetragen, die von einem Feuer beleuchtet würden. Die Menschen sähen bloss die Schatten der Gegenstände an der Wand vor sich. Also wüssten diese gefesselten Menschen nicht genau, was für Gegenstände in ihrem Rücken vorbeigetragen würde, da sie ja nur deren Schatten sähen. Wieder hob der alte Mann seinen Zeigefinger, als er verkündete, dass das Philosophieren genau dasselbe sei wie das, was die Menschen in der Höhle herauszufinden hätten: Die Wahrheit hinter den Erscheinungen des Seins zu ergründen! In seinem Höhlengleichnis seien dies die Schatten der Gegenstände, anhand derer die gefesselten Menschen die Gegenstände selbst durch reines Denken ergründen müssen, fügte er mit Stolz in seiner Stimme an.

Es wurde Abend. Die Schatten im Innenhof wurden immer länger, ein sanfter, kühler Wind begann zu wehen und der Himmel wurde zuerst dunkelblau und dann langsam rot, als die Sonne am Horizont unterging.

Der alte Mann hatte aufgehört zu sprechen. Das lange Reden hatte ihn müde gemacht. Er stand aber immer noch hocherhobenen Hauptes vor Marie. Erst jetzt schien er das Mädchen wieder wahrzunehmen und fragte: «Hast du das verstanden?»

Marie lächelte ihn immer noch an und antwortete: «Kein Wort davon.»

Der alte Mann setzte sich ächzend neben Marie auf die Bank, schaute zum Himmel, wo nun die ersten Sterne die Nacht ankündigten und seufzte: «Du bist ja auch noch ein Kind.»

Marie sprang von der Bank auf und stellte sich vor den alten Mann. Ihr kleines Gesicht war jetzt genau auf derselben Höhe wie das seinige. Sie schaute ihn freundlich an und sagte: «Kannst du mir alles, was du gesagt hast, in einfachen Worten erklären? So, dass es auch ein Kind versteht?»

Er schüttelte halb verärgert und halb amüsiert den Kopf und brummte: «Ach Kind … ich habe mein ganzes Leben verwendet, um zu dieser Erkenntnis zu gelangen … wie soll man da in wenigen Worten ...»

Marie unterbrach ihn, schnalzte mit der Zunge und sagte: «Versuch es einfach.»

«Also gut. Das Wesentlichste, was ich entdeckt habe ist, das alles im Universum auf der Idee des Guten basiert. Anders gesagt, die Dialektik der...»

«Halt!»

Der Alte schaute Marie verwundert an, doch diese sprach schon weiter: «Halt … halt … halt … nicht schon wieder so komplizierte Wörter.» Sie trat einen kurzen Schritt vor und war jetzt ganz nah am Gesicht des Mannes: «Das habe ich verstanden. Du sagst also, dass alles, was es gibt, GUT sei?»

«Nein, nein … das hast du jetzt falsch verstanden. Nicht alles IST gut … ganz und gar nicht ...»

Wieder unterbrach ihn Marie: «Aber alles SOLLTE gut sein? Die Idee des Guten … das hast du doch eben selbst gesagt.»

Der Mann schaute Marie einen Augenblick verwundert an, wollte etwas erwidern, doch wieder kam ihm Marie zuvor: «Das ist etwas sehr Schönes, was du herausgefunden hast. Die Idee des Guten … das gefällt mir. Denn so ist ja alles Schlechte bloss ein Fehlen von guten Dingen … oder nicht?»

Der Alte kniff seine Augen zusammen, schien zu überlegen, dann sprach er leise aber deutlich: «Jaa … genau. Die Idee des Guten ist das oberste Prinzip – das göttliche Prinzip. Eine Idee des Bösen kann es gar nicht geben. Bei den Göttern Kind! Du hast in *einem Satz* zusammengefasst, wozu ich ein *ganzes Menschenleben* brauchte.»

«Och, ist schon okay.» Marie kicherte, dann streichelte

sie über Isabelles Blätter. Sie wusste, dass es Zeit war zu gehen. Sie wusste aber auch, dass sie noch etwas tun musste – so wie es ihr Elvis aufgetragen hatte.

«Darf ich dir eine Frage stellen?»

«Gewiss mein Kind», antwortete er nun etwas müde.

Marie ging ganz nah an sein Ohr, so wie es ihr Grossvater Matimba bei ihr getan hatte und flüsterte ihm die Frage ins Ohr.

Eine ganze Weile sass er einfach da und überlegte lange, um seine Antwort zu fomulieren. Da erfüllte ein merkwürdiges Summen den Innenhof. Dasselbe Summen, dass er damals als Junge in seinem Traum gehört hatte. Seine Augen wurden feucht. War es doch kein Traum gewesen? War dies und jetzt auch kein Traum?

Seine Antwort war lange und brilliant formuliert und er war sich sicher, dass sie korrekt sei, doch bevor er weitersprechen konnte, schüttelte Marie etwas traurig ihr Wuschelköpfchen und legte ihren Zeigefinger auf seine Lippen.

Nach einer Weile des Schweigens lächelte sie den alten Mann ein letztes Mal an, strich ihm die Tränen von der Wange und sagte: «Wie heisst du eigentlich?»

«Platon. Mein Name ist Platon von Athen.»

«Das ist ein schöner Name.» Dann trat sie einen Schritt zurück, drehte sich um und ging dann in Richtung des Tores. «Ich muss jetzt gehen, Platon.»

«Warte … die Antwort auf die Frage … sag mir die richtige Antwort bitte …» Platon war aufgestanden. Marie blieb stehen, verharrte kurz, dann tapste sie noch einmal mit kleinen Schrittchen zum alten Platon, ihre Hand fuhr sanft über seine Wange. «Ich kann dir die Antwort nicht sagen, Platon. Jeder Mensch muss sich die Antwort selbst geben.» Sie zögerte einen Augenblick. «… und die Antwort muss du reinen Herzens geben, Platon.»

Der alte Platon sah sie traurig an, und Maries Stimmchen klang wie die frische Brise eines sonnigen Frühlingstages in seinen Ohren: «Es wird alles gut werden, Platon.» Dann trat sie einen Schritt zurück, das Summen wurde für einen Augenblick noch etwas lauter, ein Licht erleuchtete den Innenhof taghell, dann waren Marie und Isabelle verschwunden.

Platon fühlte, wie sein Herz schwer und leicht zugleich wurde, und tief in seinem Innersten begann er zu ahnen, dass er die richtige Antwort auf die Frage – auch nach einem ganzen Menschenleben – immer noch nicht wusste, denn nicht der Verstand war es, der die Frage beantworten konnte.

V

Ein Blitz bloss. Farbig, hell – Marie stolperte, geriet einen Augenblick aus dem Gleichgewicht; fast wäre ihr Isabelle aus der Hand geglitten – dann war es vorbei.

«Wann geht die Reise weiter, Isabelle?»

«Wir sind schon da!»

Marie schaute sich verwundert um. Die Sonne brannte heiss auf die Erde. Doch alles sah noch genau so aus wie gerade eben noch: dieselben meist schneeweissen Häuser, dieselben in weiss oder bunt gekleideten Menschen eilten geschäftig die Strassen auf und ab; nichts schien verändert. Doch irgendwie schon, dachte Marie, wollte fragen, doch Isabelle beantwortete Maries Frage, bevor sie diese stellen konnte. «Wir sind immer noch in derselben Zeitepoche … und fast am selben Ort.»

«Immer noch in Athen?»

«Nein Marie, wir sind nun auf der Insel Samos.»

«Wow … echt?»

«Ja … echt!», ulkte Isabelle Maries Stimme nach. Dann wurde sie wieder ernst. «Dort … dein nächster Besuch.» Isabelles Blätter zeigten auf ein kleines Haus, das auf der gegenüberliegenden Strassenseite lag. Vor dem Haus war ein Junge. Er sass mit geschlossenen Augen auf einer kleinen Steinmauer, die das Haus umgab. Marie überquerte die Strasse.

«Hallo.»

«Hallo», antwortete der Junge. Er schien ob Maries Erscheinen und Gestalt überhaupt nicht überrascht zu sein. Er schaute sie kurz an, schloss dann die Augen wieder und hielt sein Gesicht in Richtung der heissen Sonne.

«Was tust du hier?», fragte Marie.

«Nichts!», antwortete der Junge, während er unentwegt seine Hände rieb, manchmal innehielt, sein Gesicht immerfort mit geschlossenen Augen gegen die Sonne richtete und dabei glücklich lächelte. Er schien bei dieser Betätigung sehr zufrieden zu sein.

«Magst du die Sonne?»

Da der Junge, die Augen immer noch geschlossen und das Gesicht in Richtung Sonnenwärme, nur nickte und sonst nicht reagierte, zupfte Marie behutsam eines von Isabelles Blättern aus und hielt es dem Jungen vor die Augen, dann tippte sie mit ihrem Zeigefinger auf seine Schulter. Nun öffnete er die Augen, wollte wohl etwas Missmutiges von sich geben, doch dann sah er statt der gelben Sonne das gelbe Blatt und nahm dieses, wohl in der Absicht, es aus seinem Blickfeld zu entfernen, in die Hand. Marie lächelte und sagte: «Das schenk ich dir.»

Und während Isabelles Blatt in den Händen des Jungen genau denselben Effekt auf den uninteressierten Jungen hatte wie zuvor auf Platon, zuckte ein kurzer Blitz auf – heller als die Sonne selbst – und Marie und Isabelle waren wieder weg.

Der Garten war riesig.

Marie schritt langsam auf die Pforte zu und las, was in grossen weissen Buchstaben über dem Torbogen stand:

Tritt ein, Fremder! Ein freundlicher Gastgeber wartet dir auf mit Brot und Wasser im Überfluss, denn hier werden deine Begierden nicht gereizt, sondern gestillt.

Sorgfältig gepflegte grosse Bäume und dichte grüne Büsche säumten die Wege aus hellen Kieselsteinen. Unzählige Brunnen und Teiche, von steinernen Bänken und Statuen nackter Männer und Frauen gesäumt, vervollständigten die üppige Erscheinung des Gartens. Nein, mehr als ein

Garten – gar ein Park war es. Und überall sah Marie Menschen. Die meisten nur leicht und manche auch gar nicht bekleidet, spazierten sorglos – wie es schien – die Kieswege entlang und unterhielten sich. Manche laut und manche leise. Immer wieder war ein Lachen zu hören. Die unzähligen Vögel, die man, versteckt in den Bäumen, nicht sehen konnte, untermalten dieses idyllische Bild mit ihren hellen zwitschernden Gesängen. Marie ging gemächlich in Richtung einer schönen Pergola, die aus steinernen Säulen bestand, oben dicht bewachsen mit grünem Farn, so dass diese vor der hell und heiss scheinenden Sonne Schutz und Schatten bot.

Keiner der Menschen kümmerte sich um Marie oder Isabelle. Marie hatte sich daran gewöhnt, nur für die, die sie besuchte, sichtbar zu sein. Unter der Pergola war eine bequeme Liege. Darauf lag er: Aus dem Jungen von vorhin (für Marie, die durch die Zeiten reiste, war es eben noch vorhin gewesen), aus demselben Jungen war ein alter Mann geworden.

Und wie als kleiner Junge reckte der alte Mann sein Gesicht mit geschlossenen Augen gegen die wenigen Sonnenstrahlen, die dann und wann ihren Weg durch das Blätterdach der Pergola fanden. Und wie schon als kleiner Junge schien der alte Mann genau so zufrieden damit zu sein, einfach sein Gesicht mit geschlossenen Augen in die wärmende Sonne zu halten, denn ein breites Lächeln, nicht mehr ganz dasselbe sorglose Lächeln, doch immer noch ein Lächeln, umspielte seinen Mund.

«Hallo», sagte Marie.

Der alte Mann brummte etwas, öffnete blinzelnd sein linkes Auge, um zu sehen, wer seine Musse störe … da sah er Marie. Er schloss sein Auge wieder und brummte

– wohl mehr zu sich selbst als zu Marie: «Ein Traum … wie schön, derselbe Traum wie immer schon, jetzt auch schon am Tage.» Er lachte kurz auf, die Augen immer noch geschlossen, hatte er wohl beschlossen, einzuschlafen, um seinen vermeintlichen Traum weiterzuträumen.

«Das ist aber ein schöner Garten, den du hier hast.»

«Das ist kein Garten, Kind, das ist der Kepos.»

«Ah, so nennst du deinen Garten also.» Marie stupste den Mann leicht an die Schulter und fragte: «Wie heisst du eigentlich?»

Nun war das Lächeln von seinen Lippen verschwunden. Der Alte öffnete beide Augen, hob zunächst ächzend seinen Kopf, starrte Marie an, dann hielt er seine Hand schützend über seine Augen, um sicher zu sein, dass die blendenden Sonnenstrahlen seinen alten Augen keinen Streich spielten. «Merkwürdig, dass ein Traum so wirklich sein kann … wer hätte das gedacht.»

Maries helle Stimme klang jedoch keineswegs wie in einem Traum, als sie erneut nach seinem Namen fragte und er, ohne es zu wollen, «Epikur» antwortete. «Oh, Epikur, das ist ein schöner Name.» Marie schaute sich um und deutete in den Garten: «Wer sind denn all die Menschen hier, Epikur? Und was tun die alle?»

Epikur hatte sich nun aufgesetzt und dachte: «Vielleicht werde ich im Alter tatsächlich verrückt oder dieser Traum ist einfach so real, dass ich nur meine zu träumen.»
Er beschloss, diesen Traum als Tatsache zu akzeptieren und antwortete: «Die Menschen hier? Nun, dies sind die Gärten des Epikur». In seiner Stimme schwang grosser Stolz mit. «Alle Menschen von Athen sind hier willkommen.» Er machte eine kurze Pause, um die Bedeutung der nächsten Worte zu unterstreichen: «Selbst Sklaven und Frauen sind hier willkommen.»

«Aber das ist doch selbstverständlich, dass dies so ist.»

Doch bevor Epikur etwas empört Einspruch erheben konnte, fragte Marie schon weiter: «Und was also tun all die Menschen hier?»

«Sie geniessen das Leben.»

«Und sonst?»

«Was sonst … wie meinst du das?» Er klang nun mürrisch, sein Traum wurde langsam unangenehm, doch wie es schien, konnte er nicht daraus aufwachen.

«Na, die Menschen, wenn sie das Leben nicht gerade geniessen ...» Marie suchte nach den richtigen Worten: «Man kann das Leben ja nicht immer geniessen, oder?»

«Doch! Genau darum geht es!» Nun war seine Stimme zu Leben erwacht. Er stand ächzend auf und setzte sich auf die Liege. Marie trat einen kleinen Schritt näher zu Epikur: «Worum geht es im Leben?»

Er stöhnte leise vor sich hin, doch Marie konnte seine Worte gut verstehen: «Herrje, jetzt muss ich auch noch einem Traumkind meine Philosophie erklären ...» Doch Marie tat, als hätte sie die Worte nicht gehört und fragte nochmals: «Worum also geht es im Leb...» «Schon gut, Traumkind, ich erkläre es dir», unterbrach sie Epikur. Seine Stimme klang nun tief und fest, es war offensichtlich, dass er aus Überzeugung sprach. «Der tiefere Sinn des Lebens ist ganz simpel; Lust zu empfinden und Unlust zu vermeiden. Das heisst, die Atraxie des Geistes ist mit jener des Körpers ...»

«Halt!» Marie legte ihre Hand auf seinen Mund, «Halt, halt, das habe ich schon verstanden. Alles was du sonst gerade sagen wolltest, ist mir zu kompliziert.» Dann fragte sie mit ernster Stimme: «Dann sag mir Epikur, was ist mit all den Menschen, die nicht das Glück haben, in deinem Garten … äh, Entschuldigung, ich meine, in deinem Kepos sein zu können?»

Der alte Epikur schien auf einmal gar nicht verärgert, sondern dachte ein Weile nach, dann zuckte er seine Schultern und antwortete etwas leiser: «Mhmm … keine Ahnung … Tja, die haben halt Pech gehabt, nehme ich an.»

Marie war mit der Antwort nicht zufrieden. «Pech? Oder sollten diese Menschen nach dem Tod etwas erhalten?»

«Der Tod … der Tod, herrje, Traumkind, fang nicht mit dem Thema an, denn den Tod braucht der Mensch nicht zu fürchten; wenn wir da sind ist es der Tod nicht, wenn der Tod jedoch da ist, dann sind wir es nicht mehr. So einfach ist das.»

Eine Weile war es still, keiner sagte etwas. Epikur schien sich seine wohlbedachten Worte noch einmal durch den Kopf gehen zu lassen. Mit trauriger Stimme sprach er weiter: «Den Tod brauchen wir vielleicht nicht zu fürchten, doch das Alter, das Alter schon. Es ist eine schreckliche Bürde, das Alter, die Gebrechlichkeit ...» Ein tiefes Seufzen. «Habe ich mich zu sehr gehen lassen … treiben lassen? Wie ein Stück Holz in einem Fluss? Im endlosen Strom des Lebens, um jetzt am Ende meines Seins als Treibgut angekommen zu sein?» Seine Augen wurden feucht und sein Blick noch trauriger.

«Darf ich dir eine letzte Frage stellen, Epikur?»,

wisperte Marie, die die mahnenden Blätter von Isabelle über ihre Hand gleiten spürte.
Ein Ruck ging durch den alten Epikur und er antwortete ohne zu zögern. Doch nur den einen Teil der Frage konnte er reinen Herzens beantworten und er ahnte schon, dass dies nicht genügte.

Ein kühler Wind begann zu wehen, fernes Donnergrollen kündete ein Gewitter an, da wischte Marie ihm seine Trauer und die Tränen aus den Augen, ihr Gesicht war nun ganz nah an dem seinen und ihre Stimme klang klar wie ein Glöckchen: «Es wird alles gut werden, Epikur.» Dann erstrahlte der Garten kurz und hell.

VI

Diesmal war Marie auf die «Reise» vorbereitet. Die Farben, das Gefühl zu schweben und zu gleiten, doch dabei auch tausendmal schneller zu fliegen wie ein Vogel es je vermochte, auch tausend mal schneller als je ein Flugzeug oder gar ein Raumschiff fliegen könnte, ja, an dieses Gefühl hatte sich Marie nun schon gewöhnt. Und auch an die Unmöglichkeit, sagen zu können, wie viel Zeit auf einer «Reise» in diesem unendlichen Meer aus Farben und Licht jeweils vergangen war, auch daran, dass man nach einer Sekunde oder auch nach einer Ewigkeit abrupt wieder eine neue Welt um sich sah – genau so, wie wenn man aus einer stockdunklen Hütte in den grellen Sonnenschein treten würde – an all dies hatte sich Marie schon gewöhnt und so stolperte sie auch nicht, noch geriet sie aus dem Gleichgewicht wie früher, als sie am neuen Ziel angekommen waren.

Sie schaute sich um.

«Nochmals und wieder in Athen, Isabelle?»

«Obschon es so aussieht, nein Marie, wir sind nicht in Athen, sondern in Kition.»

Isabelles gelbe Blätter streckten sich kurz in Richtung der wärmenden Sonne. «Allerdings sind wir immer noch in derselben Zeitperiode, im Altertum also.»

«Kition? Wo ...?»

«Zu deiner Zeit werden es die Menschen Zypern nennen, die Insel Zypern. Aber das ist jetzt nicht so wichtig.»

Ihre Blätter deuteten auf einen Ochsenkarren auf der gegenüberliegenden Strassenseite. Der Ochsenkarren stand vor einem flachen Haus und war bis fast obenauf mit grossen Jutesäcken beladen. Und auf einem der prallvollen Säcke sass ein Knabe, der sehr ernst dreinschaute. Das konnte Marie selbst von dieser Strassenseite aus gut erkennen.

«Schon wieder ein Knabe?», stellte Marie erstaunt, mehr zu sich selbst sprechend, fest. «Warum nicht auch mal ein Mädchen oder zumindest eine Frau besuchen?»

Isabelle hatte die Frage sehr wohl verstanden, ihre Blätter rollten sich nachdenklich zusammen und sie murmelte: «Mhmm … hmmm … gute Frage. Ja, genau, warum eigentlich nur Knaben und Männer … mhmm ...» Isabelle schien auch keine Antwort darauf zu wissen, doch ihre Stimme klang fast verlegen, als sie etwas lauter den Satz beendete: «Naja, Marie, am besten fragst du das deinen Onkel Elvis.»

«Genau, du hast recht Isabelle, das werde ich tun, wenn die Reisen vorbei sind.» Maries Lachen klang glockenhell, als sie anfügte: «Vielleicht denkt Onkel Elvis, es sei schon genügend, dass wir beide ja Mädchen sind auf dieser Reise.»

Isabelle schien dieser Scherz nicht zu belustigen, denn ihre Stimme klang sehr ernst: «Geh jetzt zu dem Jungen.»

Marie schritt über die mit quadratischen Steinen gepflasterte Strasse auf den Ochsenkarren zu. Da sah sie einen grossen Mann aus dem flachen Haus kommen. Auf dem Rücken trug er einen Sack. Der Jutesack musste sehr schwer sein, denn der Mann schnaubte und atmete laut hörbar und sein Kopf berührte fast die Pflastersteine, so weit gebeugt war sein Oberkörper unter der Last auf seinem Rücken. Schritt für Schritt näherte sich der grosse Mann dem Ochsenkarren. Plötzlich sprang der Junge wie von der Tarantel gestochen vom Karren hinunter und lief laut rufend, ja schreiend, auf den Mann zu: «Halt, Vater, bleibt stehen, mein Herr Vater!»

Der Mann mit dem Sack auf dem Rücken war so verdutzt ob der unerwarteten Reaktion seines Sohnes, dass er wie zur Salzsäule erstarrt auf der Stelle stehen blieb. Und es sah echt lustig aus, wie er grosse Mann in seiner gebückten Haltung mit dem schweren Jutesack auf dem Rücken wie erstarrt innehielt. Der Junge hatte seinen Vater inzwischen fliegenden Schrittes erreicht, legte sachte, aber bestimmt seine Hand an dessen muskulösen Oberarm und steuerte so seinen Vater um ein, so schien es, unsichtbares Hindernis. Beim Ochsenkarren angekommen, stemmte der Mann den Sack mit einem erleichterten Ausatmen zu den anderen Säcken auf dem Karren, dann wischte er sich den triefenden Schweiss mit einem Lappen von der Stirn und schaute seinen Sohn, ohne etwas zu sagen, fragend an. Dieser nahm seinen Vater bei der Hand und sie gingen gemeinsam an die Stelle des unsichtbaren Hindernisses. Dort zeigte der Junge mit dem Finger auf etwas auf der Strasse. Marie konnte nicht erkennen was der Junge seinem Vater zeigte und so trat sie etwas näher an die beiden heran. Weder Vater noch Sohn nahmen von Marie Notiz. Und nun sah Marie, was auf der Strasse war und weshalb der Junge seinen Vater aufgehalten hatte. Der Mann brummte etwas, dann strich er seinem Sohn lächelnd, aber auch leicht kopfschüttelnd, über dessen schwarzes Haar. Dann ging er wieder in das Haus, wohl um den nächsten Sack zu holen. Marie trat von hinten an den Jungen und tippte mit dem Finger auf seine Schulter. Er drehte sich zu Marie, doch bevor er auch nur ein Wort sagen konnte, hielt ihm Marie eines von Isabelles Blättern hin. Der Junge nahm das Blatt wortlos in die Hand und Marie war sich fast sicher, dass er die Antwort wissen würde, wenn sie zurückkäme, und mit einem Lächeln auf den Lippen war sie und Isabelle, begleitet von einem gleissenden Blitz, verschwunden.

Die Jahre flogen dahin und aus dem Jungen wurde ein Mann und aus dem Mann ein alter Mann. Viel hatte er erreicht, der Junge. Isabelles Blatt hatte sein Leben gewandelt. Alle

«Und ich bin Zenon. Zenon von Kition.» Sein Arm machte eine ausladende Bewegung, als er weiterfuhr. «Und dies hier ist meine Schule, die Stoa Poikile.»

Gedanken, die er danach hatte, all die Gedanken, Wünsche und Ideen, die zuvor tief in ihm verborgen waren, wurden danach Wirklichkeit und so wurde aus dem Jungen ein grosser Philosoph. Auch er gründete eine Schule, um seine Gedanken und Ideen weiterzugeben.

Seine Schule stand mitten auf dem Marktplatz des antiken Athens und hiess Stoa Poikile, was soviel wie «bunt bemalte Halle» bedeutet. Dies, weil seine Schule in einer bunt bemalten Halle war, und so nannte er seine Philosophie die Stoa. Und auch er unternahm viele Reisen, und auch er wurde alt und weise.

Der Tag war wolkenverhangen und leichter Nieselregen fiel vom Himmel, als Marie auf die grosse, bunt bemalte Säulenhalle zuschritt. Hier also hatte der Junge, der nun keiner mehr war, seine Schule gegründet, und hier lehrte er seit vielen Jahren und gab sein Wissen an seine jungen Schüler weiter.

Es war schon fast Abend und ausser dem alten Mann war niemand mehr in der grossen Säulenhalle. Er stand mit dem Rücken zu den in Reih und Glied aufgestellten Bänken, an denen tagsüber seine Schüler sassen und ihrem Lehrer wissbegierig lauschten. Er schien noch sehr gut zu hören, denn als er das leise Tapsen von Maries nackten Füssen auf dem Marmorboden hörte, drehte er sich um. Er machte zunächst grosse Augen, doch verwundert schien er nicht zu sein und sagte nur: «Ich träumte oft von dir.» Dann schaute er sich Marie und Isabelle genauer an und sprach: «Ja, genau so wie in meinem Traum bist du. Nur viel deutlicher scheint mir grad heute mein Traum zu sein.» Ein Lächeln huschte über sein altes Gesicht, als er fragte: «Wie heisst du denn, mein Traumkind?»

Marie lächelte, fast wäre die *Frage der Fragen* schon

ihren Lippen entwichen, doch sie wusste, dass sie nicht gleich fragen durfte. Wie sagte ihr Grossvater doch immer? «Alles braucht seine Zeit, meine kleine Prinzessin.» Einen Moment wurde sie traurig, sie war ja schon tot und ihr Grossvater … dann verscheuchte sie diese schlimmen Gedanken, denn sie war sich sicher – ja, sie hoffte es inständig –, dass dieser alte Mann vor ihr, der eben noch als Junge auf dem Ochsenkarren gesessen hatte, dass dieser Junge, der seinen schwer beladenen Vater um das Hindernis auf der Strasse führte, um ein Hindernis, um das man sich nicht hätte kümmern müssen, dass dieser Junge im alten Mann die richtige Antwort bestimmt wisse.

«Ich heisse Marie.»

«Und ich bin Zenon. Zenon von Kition.» Sein Arm machte eine weite Bewegung, als er weiterfuhr. «Und dies hier ist meine Schule, die Stoa Poikile.» Dann setzte er sich seufzend auf einen der Schulbänke.

«Er scheint Schmerzen zu haben», dachte Marie, als sie fragte: «Und was lehrst du deine Schüler, Zenon?»

Seine Augen hatten für einen kurzen Augenblick denselben Glanz, den sie hatten, als er noch ein Junge war, als er antwortete: «Meine Philosophie, die Stoa, lehre ich ihnen; Tugend, Moral und Ethik. Die Aufgabe des Menschen ist ein fortwährender Kampf gegen die Affekte in uns. Sie gaukeln uns Gleichgültiges und Schlechtes als wertvoll vor. Dies muss der Mensch überwinden. All dem Guten – und auch dem Bösen – ist mit Leidenschaftslosigkeit zu begegnen. Wer dies erreicht in seinem Leben, der wird wahrhaft weise. Dies ist meine Lehre.» Er machte ein Pause und schien zufrieden über seine Worte nachzudenken. Marie setzte sich neben Zenon auf die Schulbank.

«Sag Zenon, warum hast du damals als Junge deinen Vater um den Ameisenhaufen auf der Strasse herumgeführt?»

Zenon kniff die Augen zusammen. «Dies ist fürwahr ein merkwürdiger Traum», dachte er, doch warum sollte er nicht antworten? Also sagte er: «Da waren Ameisen und mein Vater wäre fast auf sie getreten.» Seine Augen blickten auf einen unbestimmten Punkt im Raum. «Auch Ameisen sind Geschöpfe Gottes.»

Marie war überglücklich ob seiner Antwort und – sie war sich sicher, dass Zenon die Antwort auf die Frage wissen würde. Doch bevor sie die Frage stellen konnte, sprach Zenon weiter: «Damals … da war ich noch ein Junge, dann ein junger Mann … weisst du Marie; das Leben vergeht im Fluge und bevor man sich's versieht, ist man ein Greis.» Seine Stimme klang auf einmal traurig.

Draussen senkte sich der Abend über den Marktplatz und das Prasseln des stärker werdenden Regens war bis drinnen zu hören. Marie flüsterte ihm die Frage ins Ohr, immer noch hoffte sie, er möge die Antwort kennen. Zenon hörte die Frage, er verstand die Frage sehr wohl, sein Verstand kannte auch die Antwort, doch seine Stimme klang alt und brüchig, als er sprach: «Wie ein Pfeil bin ich durchs Leben geflogen, gradlinig und unbeirrbar – immer geradeaus – hab mich nicht beirren lassen, keine Zweifel in meinem Herzen aufkommen lassen … und … und jetzt …» Seine Stimme versagte. Er senkte seinen Kopf, strich sich mit fahrigen Fingern durch das lange schlohweisse Haar. «Jetzt bin ich angekommen … am Ende meines Lebens, und du, mein kleines Mädchen aus meinem Lebenstraum, stellst mir eine Frage, die ich wohl mit meinem Verstand in allen Teilen richtig beantworten kann – doch mit meinem Herzen kann ich es nicht.»

Sanft lächelnd streichelte Marie über seine Hand, ihr Stimmchen war die Hoffnung selbst in Zenons Ohren, dann ging sie langsam in Richtung des Ausgangs. Sie war unter der Eingangspforte stehen geblieben, der Marktplatz war leer und dunkel und es regnete in Strömen.

Isabelles Stimme hatte wieder diesen eigenartigen Klang, als sie sagte: «Ja, ja, man kommt am Ende immer an; als Treibgut oder als Pfeil! So oder so kommt man an – ans Lebensende.» Dann schien sie gar etwas wütend, als sie leise schnaubend fortfuhr: «Was nützt den Menschen alles Wissen, wenn sie das Wesentliche dabei vergessen?»

Marie schaute Isabelle fragend an: «Das verstehe ich nicht, wie meinst du das?»

Isabelle Stimme klang wieder wie immer, freundlich und warm wie eine Sommerbrise. «Das ist jetzt nicht so wichtig, Marie, wir müssen weiter.» Sie reckte ihre Blätter. «Jetzt machen wir einen grossen Sprung, Marie … weit über tausend Jahre … ab ins Mittelalter. Los geht's!»

VII

Marie hatte so etwas noch nie zuvor gesehen. Das Gebäude war gigantisch! Es war früher Abend, der Himmel noch ganz in Dunkelblau und mit ein paar schneeweissen Wolken durchzogen.

Langsam ging Marie auf das Gebäude zu. Drei Türme ragten aus dem riesigen Bau. Das ganze Haus und auch die drei Türme waren reich bestückt und verziert mit Fenstern, Bögen und ganz vielen kleineren Türmen, die auf den drei

«Das ist die Kathedrale von Canterbury. Und wir sind jetzt etwa im Jahre 1100.»
Isabelles Stimme klang sanft aber bestimmt.

grossen Türmen aufgesetzt waren. Und es war lang, dieses Gebäude. Wahnsinnig lang, wie Marie fand.

«Was ist das, Isabelle?», fragte Marie immer noch mit offenem Mund, staunend dieses unglaublich grosse Haus bewundernd.

«Das ist die Kathedrale von Canterbury. Und wir sind jetzt etwa im Jahre 1100.» Isabelles Stimme klang sanft aber bestimmt, als sie weitersprach: «Geh rein, durch den Haupteingang.»

Marie tat wie geheissen und trat durch das riesige Portal der Kathedrale. Und erneut war sie vom Anblick, der sich ihr bot, überwältigt. Das Innere der Kathedrale schien unendlich gross. Die gewölbte Decke war so hoch, dass Marie ihr Köpfchen fast rechtwinklig in den Nacken legen musste, um die Decke zu erblicken. Unzählige Reihen von Holzbänken standen in Reih und Glied. Kein Mensch war zu sehen. Langsam ging Marie, diese Pracht bestaunend, auf den Altar zu. Dieser stand ganz weit hinten, doch gut sichtbar, weil er etwas erhaben auf einem Absatz stand. Jetzt sah Marie den Mann. Er hatte eine lange purpurfarbene Robe an und kniete vor dem Altar. Da er Marie den Rücken zuwandte, konnte sie zunächst sein Gesicht nicht sehen, seine schulterlangen grauen Haare jedoch schon. Marie tippte dem Mann auf die Schulter und sagte: «Hallo.»

Der drehte seinen Kopf und sah – immer noch kniend – direkt in Maries freundlich lächelndes Gesicht. «Erinnerst du dich noch an mich?»

Er schaute sie lange an, sagte jedoch nichts, so dass Marie weiter sprach: «Weisst du nicht mehr? Ich hab dich mal besucht. Da warst du noch jünger und in einem anderen Land.» Sie runzelte die Stirn, und da fiel es ihr wieder ein. Frankreich! Ja genau: Frankreich hiess das Land.

Der Mann stand auf und fragte: «Bist du ein Engel?»

Marie musste kichern: «Ich bin Marie.» Sie streichelte über Isabelles Blätter und fragte: «Und wer bist du?»

«Ich bin der Erzbischof von Canterbury, Kind.»

«Ich muss wohl zu lange gebetet haben», dachte der Erzbischof. «Was macht bloss dieses Kind hier? Und wer hat es hereingelassen?» Er war etwas verwirrt, doch bevor er seinen Messediener rufen konnte, um die Sache zu klären, hörte er wieder Maries Stimme, die wie der Klang einer kleinen Glocke durch die Kathedrale hallte: «Warum ist denn deine Kathedrale so riesig?» Maries Stimme schreckte ihn aus seinen Gedanken auf, doch die Frage hatte er sehr gut verstanden und seine Antwort kam ohne zu Zögern aus seinem Mund: «Um die unendliche Grösse Gottes zu preisen», antwortete er mit grosser Inbrunst.

«Oh … so ist das also.» Marie überlegte: «Wie gross ist denn Gott?»

Maries Worte widerhallten an den Wänden der Kathedrale. Minutenlang stand der Erzbischof wie erstarrt da und grübelte über Maries Frage nach … Und dann fiel es ihm schlagartig wieder ein. Genau! So musste es sein. Damals, vor vielen Jahren, in der Abtei von Le Bec war es gewesen. Ja, jetzt konnte er sich wieder entsinnen, wie dieses kleine Mädchen, das vor ihm stand, ihm ein Blatt dieser Blume gegeben hatte. Wie ihm danach schwindlig wurde und wie das Mädchen und die Blume wie von Zauberhand verschwanden und wie er genau in derselben Nacht seinen ontologischen Gottesbeweis niedergeschrieben hatte. Er, Anselmo, den man jetzt, viele Jahre später, Anselm von Canterbury nannte. Er, der sich den unwiderlegbaren Gottesbeweis, *seinen* Gottesbeweis, er-

«Wie gross ist denn Gott?»

dacht hatte. Wie zu sich selbst und ohne es zu merken, murmelte er die Worte, die er damals auf einen Pergamentzettel gekritzelt hatte, leise vor sich hin.

Die einzige fassbare Vorstellung von Gott, die wir uns machen können ist das, als das grösser welches nichts gedacht werden kann. Ein unendlich grosses und vollkommenes Wesen also. Gott also ist das, als über das hinaus Grösseres nicht gedacht werden kann. Wenn dieser Gott aber nur im menschlichen Geist vorhanden wäre, so liesse sich noch etwas Grösseres denken als das, grösser als welches nichts gedacht werden könne – nämlich derselbe Gott als nicht nur im Geist, sondern auch in der Realität vorhanden. Anders gesagt; etwas, worüber hinaus nichts Grösseres gedacht werden kann, muss existieren, denn ansonsten ist die Vorstellung widersinnig. Dies wäre also ein Widerspruch und damit ist die Existenz Gottes bewiesen.

Marie hatte seine Worte ganz genau gehört und fragte: «Dann muss man sich also Gott einfach unglaublich gross vorstellen … und», sie stellte ihren Kopf etwas schräg, «… und wenn man dies tut … existiert er auch?»

Anselm schaute Marie erstaunt an und erneut antwortete er fast automatisch und ohne es wirklich zu wollen: «Nun ja, Kind, so in etwa könnte man dies sagen, aber in Realität ...»

«Und wie weiss ich, dass ich mir Gott so gross vorstelle, dass es nichts Grösseres gibt?», unterbrach Marie den Erzbischof.

Wieder folgte seine Antwort unwillkürlich: «Das ist eben das Geniale an meinem Gedanken. Weil man sich nichts Grösseres denken kann als Gott – und weil Gott das Grösste ist, das man sich denken kann … existiert Gott auch!»

«Ich verstehe das nicht so ganz.» Marie neigte ihr Lockenköpfchen noch etwas mehr zur Seite und überlegte eine Weile, dann fragte sie: «Und wenn ich mir eine Kathedrale, wie deine hier, nun soooo unendlich gross vorstelle, dass es keine grössere Kathedrale als die in meiner Vorstellung geben könnte?»

Sie schaute den Bischof fragend an. Dieser wurde etwas mürrisch und brummte bloss ein «Mhmm, so also ist das. Eine Kathedrale die unendlich gross ist. Ist dir denn diese hier nicht gross genug?»

Marie hörte den leisen Spott in der Stimme des Bischofs, liess sich jedoch dadurch nicht von ihrem Gedanken abbringen. «Wenn du sagst, dass Gott nur deshalb existiert, weil du nichts Grösseres denken kannst, dann existiert auch meine Kathedrale, die ich mir grad ausgedacht habe irgendwo, denn auch diese ist grösser als man sich denken kann – wie du selbst gerade erklärt hast – und existiert deshalb dann meine Kathedrale, die *ich* ausgedacht habe, auch in Wirklichkeit?»

«Herrschaft ...» Die Stimme des Bischofs war nun sehr laut und auch ein wenig zornig. «Das ist doch nicht dasselbe ...»

Marie zog eine Schnute und konnte es sich nicht verkneifen ein «Doch ist es!» nachzuschieben.

Dann spürte sie Isabelles mahnende Blätter über ihre Hand streichen. Sie trat einen kleinen Schritt auf den Bischoff zu und bat ihn, sich etwas herunterzubeugen. Der Verdutzte tat dies und Marie flüsterte ihm die Frage ins Ohr.

Seine Antwort, war lange, sehr ausführlich und mit grosser Inbrunst vorgetragen – fast wie eine Predigt, so lange war seine Antwort. Marie war etwas traurig, dann streckte sie dem Bischof ihre Hand entgegen und sagte mit leiser Stimme: «Ich muss jetzt gehen.» Sie schaute in seine blauen alten Augen und lächelte: «Wie heisst du eigentlich mit Vornamen?»

Seine Stimme klang fast schon wieder wie die, als er noch ein kleiner Junge war: «Anselmo ist mein Name. Doch hier nennt man mich schlicht Anselm. Anselm von Canterbury», antwortet er traurig, denn er ahnte, dass seine Antwort nicht die richtige war. Doch Maries kleine Hand in der seinen fühlte sich so warm und voller Hoffnung an, dass ein Lächeln über sein Gesicht huschte. Und einen Augenblick strahlte die Kathedrale heller als die Sonne selbst, als Marie und Isabelle weiterreisten.

Und während sie durch das Licht der Zeiten schwebten und sausten zugleich, überlegte Marie, warum wohl dieser so gläubige und zweifelsohne auch intelligente Bischof die Antwort auf die *Frage aller Fragen* nicht gewusst hatte. Warum nur hatte Anselm die Antwort nicht gewusst?

Isabelle schien ihre Gedanken erraten zu haben. «Er hat die Frage nicht verstanden.»

Das farbige Licht der Zeiten glitzerte tausendfach und sich widerspiegelnd auf Isabelles Blättern und ihre Stimme klang klar und hell, als sie weitersprach: «Wie alle anderen Menschen vor ihm hat er nicht verstanden, dass man *alle Teile der Frage richtig und zugleich* beantworten muss. Deshalb war auch seine Antwort falsch.»

Bevor Marie nachfragen konnte, gab es einen kurzen Ruck und die Umgebung veränderte sich erneut.

VIII

«Schon wieder eine Kathedrale, Isabelle?» Maries Stimme klang ein wenig müde.

«Mhmm … sieht so aus, nicht?», antwortete Isabelle scheinbar gut gelaunt. Sie standen am Fusse eines Hügels. Auf dem Hügel stand es. Wiederum ein riesiges Gebäude. Jedoch viel schlichter – ohne die Türme und reichen Verzierungen, die Marie vorhin an der Kathedrale von Canterbury gesehen hatte. Nein, dieses Gebäude sah eher wie riesige Würfel aus. Marie zählte drei oder vier dieser Würfel, die nebeneinander lagen. Das Würfel-Gebäude hatte unzählige fast quadratische Fenster, die sich in Reih und Glied

«Dreizehntes Jahrhundert etwa. Und zwar in einem Land, das Italien heisst. Dies hier ist das Kloster von Monte Cassino», hauchte Isabelle.

neben- und übereinander reihten. Langsam gingen sie den schmalen, gewundenen Weg hoch. Isabelle schien immer alles schon zu wissen, denn sie antwortete wieder auf die Frage, die Marie soeben nochmals stellen wollte. «Das ist ein Kloster. Wir sind immer noch im Mittelalter. Dreizehntes Jahrhundert etwa. Und zwar in einem Land, das Italien heisst. Dies hier ist das Kloster von Monte Cassino.»

Marie hielt einen Augenblick inne. «Ein Kloster?»

«Genau. Ein Kloster! Hier wohnen Mönche.»

«Mönche?» Marie hatte keine Ahnung, was Isabelle damit meinte, doch diese kam ihr wieder zuvor: «Ist nicht so wichtig Marie, man kann nicht immer alles wissen. Lass uns eintreten, dein nächster Besuch wartet drinnen.»

Sie gingen durch den Eingang und gelangten in einen grossen Innenhof. Im Innenhof war eine gepflegte Gartenanlage mit sorgsam gestutzten Büschen, unzählige buntfarbene Blumenbeete waren angelegt, und rund um den Innenhof verlief eine Art geschützter halboffener Gang mit grossen weissen Säulen, die oben, jeweils einen Rundbogen bildend, miteinander verbunden waren. Überall waren Männer in langen braunen Kutten, die verschiedenen Tätigkeiten nachgingen, doch keiner schien weder Marie noch Isabelle wahrzunehmen. Isabelle leitete Marie durch viele Gänge im Inneren des Klosters, schliesslich eine lange Treppe hinauf und dirigierte sie vor eine schlichte dunkle Holztür. «Hier drin ist dein nächster Besuch, Marie.»

Marie klopfte sachte an die Tür und trat ein. Ein Mann sass mit dem Rücken zur Tür, an einem grossen Tisch mit unzähligen Papierstapeln und Pergamentfolien darauf. Er schien, ganz in seine Gedanken vertieft, zu schreiben und hatte Maries leises Klopfen wohl überhört. Erst als Marie ihm auf die Schulter tippte hielt er mit dem Schreiben inne und schaute über die Schulter. Seine tiefliegenden Augen blickten streng, sein runder Kopf war kahl, nur von einem

Haarkranz umrandet, die schmale, leicht gekrümmte Nase bildete einen scharfen Kontrast zu seinen sanft hängenden fleischigen Backen und dem dicken Doppelkinn.

«Wer bist du und was willst du?», brummte der Mann missmutig, denn für ihn war klar, dass dies wieder dieser Traum war, den er schon als Junge hatte. Marie wusste dies und sagte nur: «Du kennst mich doch, ich heisse Marie.» Sie hielt Isabelle etwas hoch. «Und das hier ist ...»

«Ja ja, schon gut Kind», fiel ihr der Mönch ins Wort. Er hatte keine Zeit für Träume, besonders nicht, wenn es sich um so reale Träume handelte, dachte er. Doch aufwachen schien nicht möglich, also musste er sich wohl oder übel mit diesem Kind unterhalten: «Also gut, Kind … ähm … Marie meine ich, was willst du also?»

«Wie heisst du eigentlich?»

«Thomas.» Seine Stimme klang unwirsch. Er erhob sich und stand in seiner ganzen Fülle vor Marie. «Jetzt, da du weisst, wie ich heisse, kannst du gehen.»

Marie überging seine Bemerkung. «Thomas – ein schöner Name. Was hast du also herausgefunden Thomas?»

«Oh Herr», stöhnte er in Gedanken, wie in aller Welt sollte er diesem … diesem Kind, erklären, was er herausgefunden hatte? Er, der als einer der genialsten Denker seiner Zeit galt, Er, Tomaso von Aquino bei Neapel, der sein Leben lang schon, seine ganze Genialität aufgebracht hatte, um die fünf unwiderlegbaren Beweise zu finden. Die Beweise, dass es einen Gott geben MUSSTE.

«Herrgott im Himmel», dachte er, «wie soll ich es bloss einem Kind erklären?» Umgehend entschuldigte er sich – in Gedanken zumindest – bei seinem Schöpfer, wie er es immer tat, denn es war ja nicht so, dass er selbst einen Beweis gebraucht hätte, um an die Existenz Gottes zu glauben. Er überlegte kurz. Oder etwa doch? Brauchte auch er einen Beweis?

Er verscheuchte den Gedanken, denn jedes Mal, wenn er sich in Gedanken bei seinem Schöpfer für seine fünf unwiderlegbaren Beweise entschuldigte, hatte er ein schlechtes Gewissen. Denn im Grunde seines Herzen hatte auch er wohl Zweifel an … Nein, er wollte nicht weiterdenken und er überlegte, wie er es diesem Kind erklären sollte. Wie am besten die fünf Beweise einem Kind verständlich zu machen seien. Also ging er in Gedanken seine fünf Gottesbeweise durch:

Der Notwendigkeit eines letzten Bewegers, der nicht von etwas anderem bewegt wird.

Der Notwendigkeit einer letzten Ursache, die nicht von etwas anderem verursacht ist.

Der Notwendigkeit einer letzten Notwendigkeit, die sich nicht aus einer anderen Notwendigkeit herleitet.

Aus der Stufenfolge, die wir in allem Sein vorfinden, ergibt sich die Notwendigkeit einer ersten Stufe.

Und letztlich der Notwendigkeit eines intelligenten Wesens, hinter den nichtvernünftigen Naturdingen, das diese auf ihre Ziele hinordnet.

«Ich bin genial!», dachte er, doch sogleich entschuldigte er sich ein weiteres Mal bei seinem Schöpfer, denn er wusste, dass Eitelkeit eine der grössten Menschenschwächen überhaupt war.

Marie stand noch immer lächelnd da und sagte gar nichts. Nun schüttelte er in Gedanken den Kopf. Nein, so konnte er es dem Kind nicht erklären. Die Kleine – wenn es auch ein Traumkind war – würde dies niemals verstehen.

Also beschloss er, die Sache so einfach wie möglich zu erklären und sagte: «Da es die Welt gibt, muss sie irgendwann einmal entstanden sein. Denn von nichts kommt nichts! Ist ja logisch, oder nicht? Irgendeine erste Ursache oder Wirkung muss alles geschaffen haben – in Bewegung gesetzt haben sozusagen – und das, was ganz am Anfang alles in Bewegung gesetzt hat, ist selbst unbewegt.»

«Warum?» Marie schien etwas verwirrt ob dieser Erklärung.

«Na ja, das ist doch logisch, denn wäre das, was am Anfang alles in Bewegung gebracht hat, selbst bewegt worden, könnte es ja nicht am Anfang aller Bewegung stehen. «Brillant mein Gedanke, einfach genial», schwärmte Thomas von sich selbst.

Doch Marie hakte nach: «Ich habe das nicht verstanden, Thomas. Kannst du das nicht einfacher erklären?»

«Herrgott … oh, verzeih mir diesen Ausbruch oh mein Herr.» Er blickte zur Decke, während der diese Worte sprach: «Wenn alles am Anfang von etwas in Bewegung gesetzt wurde, dann muss am Anfang ein unbewegtes Etwas sein, ein unbewegter Beweger sozusagen. Und dieser unbewegte Beweger ist – Gott! So einfach ist das, Kind.»

Marie überlegte eine Weile um dann zu fragen: «So wie ein Strich meinst du?»

«Hä? Strich … was für einen Strich denn?», stotterte er verständnislos.

«Naja ein Strich eben.» Marie nahm ein Stück Kreide, das auf dem Tisch lag, und zeichnete eine Linie auf die Tischplatte.

«Eine Linie, ein Strich, genau wie dieser hier, mit einem Anfang und einem Ende.»

«Und was soll dieser Kreidestrich auf meinem schönen Schreibtisch mit meinen genialen Gottesbeweisen zu tun haben?», fragte er verärgert.

«Na, wie du doch eben selbst gesagt hast; alles habe einen Anfang. Da müsste ja alles auch ein Ende haben, oder nicht?» Marie zeigte auf den Kreidestrich auf der Tischplatte. «Für diesen Strich auf dem Tisch bin ich also der unbewegte Beweger.» Sie musste kichern, denn Thomas war gerade daran, den Strich von der Tischplatte wegzuwischen und er schien eher ungehalten, doch Marie blieb hartnäckig und sagte, immer noch die Kreide in der einen Hand und Isabelle in der anderen Hand haltend: «Wenn dieser Strich die Welt wäre, dann wäre ich doch der unbe-

«… denn von nichts kommt nichts!», sprach Thomas von Aquin.

wegte Beweger für diesen Strich, denn der Strich hat ein Anfang und ein Ende. Ist doch so.»

«Ja, ja … Herrgott … ähm, verzeih mir mein Vater.» Seinen Kopf in Richtung Decke hebend und seine Augen verzweifelt rollend, wiederholte er leise zwei-, drei Mal dieselben Worte: «Verzeih, oh Allmächtiger, dass ich in einem unbesonnen Augenblick deinen Namen missbrauchte. Doch dieses Kind macht mich noch wahnsinnig mit seiner Fragerei.» Und wie wenn er Gott mit eigenen Augen an der Decke sehen könnte, deutete er bei diesen Worten mit der Hand auf Marie, dann – zu ihr gewandt – sprach er: «Ist gut, Kind … ja, ja … du hast recht.»

Marie lächelte nur, trat wieder an den Tisch und – malte einen grossen Kreis darauf. Dann drückte sie das Stück Kreide in Thomas Hand und sagte: «Und was, wenn diese Welt weder einen Anfang noch ein Ende hat?»

Zunächst wollte Thomas von Aquin, wütend ob der Tatsache, dass dieser Traum nicht enden wollte – und noch viel schlimmer für ihn – dass dieses Mädchen im Traum schon wieder seinen schönen Tisch mit Kreide verschmutzt hatte, sich selbst in die Nase kneifen, um endlich aufzuwachen, doch dann erstarrte er und schaute auf den Kreis, den Marie auf dem Tisch gemalt hatte.

Sekundenlang herrschte Stille. Maries Worte hallten in seinem Kopf nach wie ein Echo. «Was, wenn diese Welt weder ein Anfang noch ein Ende hat?» Die Worte des Mädchens, diese unglaubliche Äusserung … Er sackte zurück und auf den Stuhl, der hinter ihm stand, sonst wäre er wohl zu Boden gefallen, und allmählich begann sein Verstand die Tragweite dieser Worte zu fassen. Was, wenn es weder einen Anfang noch ein Ende gibt?

«Darf ich dir eine Frage stellen, Thomas?»

Doch auch Thomas von Aquin, der noch ganz benommen war von der Einsicht und Tatsache, dass ein kleines Mädchen seine fünf so genialen Beweise infrage gestellt hatte, konnte nur einen Teil der *Frage aller Fragen* reinen Herzens beantworten. Er fragte sich traurig, wie es sein konnte, dass er, dessen Glaube bis anhin unerschütterlich schien, nicht in der Lage war, diese eine Frage reinen Herzens und in Gänze richtig zu beantworten. Da spürte er Maries Hand auf seiner Wange und die in sein Ohr gewisperten Worte liessen seine Trauer wie den Morgentau eines Sommertages verdunsten und er lächelte in sich hinein.

Und als die beiden im Strom der Zeiten weiterreisten, fühlte Marie, wie Isabelle sich an sie schmiegte und sprach: «Soll ich dir ein Geheimnis verraten?» Das Mädchen nickte. «Das Göttliche kann man sehen.» Die Blume machte eine kurze Pause, ihre Blätter leuchteten strahlend hell, als sie weitersprach: «Man muss nur genau hinsehen – in die Augen eines jeden Neugeborenen.»

IX

Fernes Donnergrollen schreckte Marie aus ihren Gedanken auf.

Es war Nacht und sie stand vor einer kleinen Hütte, aus der ein sanfter rötlicher Lichtschimmer durch das winzige Fenster nach draussen drang. Maries kleine dunklen Füsse versanken bis zu den Knöcheln im weissen Schnee, der am Boden lag und ein eisiger Wind wehte durch ihre Haare. Sie schaute auf Isabelle in ihrer Hand, dann in den sternklaren Himmel – da vernahm sie wieder dieses ferne Donnergrollen. «Es scheint ein Gewitter aufzukommen, Isabelle.»

Isabelles Blätter leuchteten fahl im Schein des Lichtes, als sie antwortete: «Nein, kein Gewitter, Marie. Das ist Geschützfeuer.»

Doch bevor Marie fragen konnte, was denn Geschützfeuer sei, sprach Isabelle weiter: «Wir sind jetzt im siebzehnten Jahrhundert. Die Menschen streiten sich wieder einmal. Sie nennen es diesmal den Dreissigjährigen Krieg.» Und auch diesmal wollte, wie es schien, Isabelle nicht weiter auf dieses Thema eingehen, sondern sprach mit sanfter aber bestimmter Stimme: «Geh hinein. Dort wartet dein nächster Besuch.»

Marie tat wie ihr geheissen. Die Tür gab ein leises Knarren von sich und Marie trat ein.

Ein junger Mann sass neben einem grossen Kachelofen. Er hatte – trotz der Hitze im Zimmer – einen langen dicken Mantel an, der ihm bis fast zu den Füssen reichte. Seine grossen dunklen Augen starrten, scheinbar etwas Fernes beobachtend, auf den Boden. Er hatte tiefe dunkle Ringe unter den Augen und jetzt bemerkte Marie, dass eines seiner Augen etwas weiter herunterhing und auch leicht tränte. Die dunklen Bartstoppeln im bleichen Gesicht, die dunklen langen Haare und der breite Mund mit ganz schmalen Lippen, verliehen dem jungen Mann ein etwas merkwürdiges Aussehen. Nun sah er langsam vom Boden

… er stiess er einen Jauchzer aus und schrie den Satz förmlich in den Raum: «ICH DENKE, ALSO BIN ICH!»

auf und sagte leise: «Das muss ein Traum sein.» Er schaute sie eher amüsiert denn verwundert an. «Ich bin wohl schon zu lange in dieser Hitze hier, denn du kannst gar nicht hier sein», schmunzelte er.

«Oh doch, ich denke schon, dass ich hier bin, mein Herr», antwortete Marie leicht ironisch und hielt ihm eines von Isabelles Blättern hin. Der junge Mann nahm es an sich und sagte: «Ha, der Traum spricht auch noch.» Sein Lachen klang kurz und trocken: «Haha, na sei's so, meine Kleine … Wie heisst du denn?»

«Ich heisse Marie. Und du?»

«René», sagte er kurz angebunden. Ihm wurde schwindlig, denn Isabelles Blatt entfaltete seine Wirkung.

Der Mann namens René schloss seine Augen, er fühlte sich merkwürdig und es schien, dass er beschlossen habe, Maries Anwesenheit zu ignorieren. Doch dann geschah es: Die Worte, die Marie soeben gesprochen hatte, hallten – zunächst nur wie das ferne Grollen des Geschützdonners draussen – in seinem Kopf nach. Und genau wie das noch ferne, doch sich langsam bedrohlich nähernde Krachen der Geschütze, wuchs der letzte Satz von Marie immer stärker wie ein Nachhall, immer lauter in seinem Kopf: «Ich denke schon, dass ich hier bin», hatte das kleine Mädchen gesagt. «Ich denke, dass ich hier bin.» Er flüsterte den Satz vor sich hin, dann öffnete er die Augen, Marie schien er gar nicht mehr wahrzunehmen. «Ich denke, dass ich ...», dann sprang er auf, so enthusiastisch, dass er seinen Kopf an der niederen Decke anschlug. Er fluchte leise, hielt sich mit einer Hand den Hinterkopf, wo sich schon bald eine grosse Beule bilden würde, doch den Satz wiederholte er nun immer wieder und immer lauter, «Ich denke … dass … ich bin.» Seine Augen rollten wie wild, dann stiess er einen Jauchzer aus und schrie den Satz förmlich in den Raum:

«ICH DENKE, ALSO BIN ICH!»

Seine Augen leuchteten, wie wenn er soeben das schönste aller Weihnachtsgeschenke erhalten hätte – und tatsächlich war dem so, denn der junge Mann namens René Descartes hatte eine grosse Entdeckung gemacht: René hatte als erster Philosoph das ICH ins Zentrum der Betrachtung gestellt.

Viele Jahre zogen ins Land und der junge Mann wurde zu einem grossen Denker und Mathematiker. Die Menschen würden ihn später den «Vater der modernen Philosophie» nennen, denn René stellte alle Ideen und Gedanken, die die grossen Denker vor ihm gehabt hatten, infrage. Er zweifelte an allem, was vor ihm gedacht worden war und erklärte, dass erst, wenn alles in Zweifel gestellt würde, nichts mehr übrig bliebe als der «zweifelnde Mensch und dessen Ich.» Somit sei nicht mehr Gott das Zentrum allen Denkens, sondern der Mensch und sein Ich.

Doch als ihm Marie viele Jahre später und kurz vor seinem Tod die *Frage aller Fragen* stellte, wusste auch er die richtige Antwort nicht. Doch auch ihn liessen Maries letzte ins Ohr gewisperten Worte noch einmal hoffen: «Es wird alles gut werden, René.»

X

Ein paar Jahre später, immer noch im siebzehnten Jahrhundert, traf sie einen Mann, der hiess Blaise. Mit ganzem Namen hiess er Blaise Pascal. Doch Marie nannte alle Menschen am liebsten beim Vornamen, so auch ihn. Blaise also hatte schon ganz viele Dinge herausgefunden: Er war ein grosser Mathematiker und hatte die Wahrscheinlichkeitsrechnung erfunden, er hatte auch schon eine Rechenmaschine konstruiert und noch viele Dinge mehr hatte er getan. Doch was ihn am meisten interessierte, wie alle Menschen vor ihm auch, war, herauszufinden, was denn der Sinn des Lebens sei. Und als Marie ihn das zweite Mal besuchte, war er gar nicht mal so alt – knappe vierzig Jahre, wie Isabelle Marie verriet, doch schon gezeichnet von seiner Krankheit und der Gewissheit, dass er bald sterben würde. Er sass in seinem Arbeitszimmer in der Stadt, in der er lebte – in Paris. Er erzählte Marie, dass er, nebst vielen anderen Dingen herausgefunden habe, dass der Glaube an Gott eigentlich eine Wette sei.

«Eine Wette?», fragte Marie erstaunt.

«Gewiss, mein Kind», antwortete Blaise und lächelte. Es sei wie beim Roulette auf Rot oder Schwarz zu setzen. Marie hatte keine Ahnung, was Roulette denn sei, und so erklärte ihr Blaise die Wette anhand einer grossen goldenen Münze, die er aus einer Schublade seines Arbeitstisches nahm. Sie solle sich diese Münze ansehen. Er hob sie hoch. Auf der einen Seite sei Kopf, auf der anderen Seite Zahl. Ob sie dies verstehe. Marie nickte lächelnd, und so erklärte Blaise Pascal weiter, was er herausgefunden hatte: An Gott zu glauben oder nicht zu glauben sei wie eine Wette. Eine Wette, bei der man alles gewinnen, jedoch nichts verlieren könne.

Er wog die schwere Münze in seiner Hand und sprach

weiter. Wenn man also annähme, bei Kopf gäbe es keinen Gott, bei Zahl jedoch schon, dann könne man die Wette nur gewinnen. Er schaute Marie triumphierend an und wiederholte noch einmal eindringlich: Wenn man an Gott glaube, könne man diese Wette also gar nicht verlieren, denn wenn es keinen Gott gäbe und Kopf erscheine, dann habe man ja nichts verloren, wenn man auf Kopf gesetzt habe. Erneut machte er eine kurze Pause, atmete nochmals tief durch und sprach weiter. Wenn man aber an Gott glaube und Zahl erscheine, und man auch auf Zahl gesetzt habe – dann habe man alles gewonnen. Er lehnte sich zufrieden zurück, lächelte versonnen, dann schaute er Marie etwas streng an, hob seinen mahnenden Finger und sagte: «Man muss jedoch setzen, verstehst du? Man muss wählen: Kopf oder Zahl!»

Da trat Marie ein Schrittchen an ihn heran, streckte ihre Hand aus und fragte, «Darf ich?»

Pascal zögerte einen Augenblick, doch dann dachte er wie alle vor ihm: «Es ist ja nur ein Traum», und so reichte er Marie die goldene Münze. Marie nahm diese, trat an den grossen Tisch und schnippte mit dem Finger die Münze in die Luft. Diese drehte sich glitzernd und ganz schnell viele Male, um dann mit einem dumpfen Ploppen auf der Tischplatte zu landen.

Pascal schaute auf die Tischplatte. Dann weiteten sich seine Augen, ungläubig dessen, was er dort sah. Er sank in seinen Stuhl, seine Augen starrten immer noch auf die Münze. Er konnte seinen Blick nicht losreissen. Marie schaute Pascal sanft lächelnd an und sagte, «Und wenn es keine Wette ist, Blaise?»

Die Münze lag auf dem Tisch, doch weder auf Kopf noch Zahl lag sie – nein, sie lag gar nicht, sie STAND auf der Tischplatte, denn sie war weder auf die eine noch auf die andere Seite gekippt, sondern stand wie angeklebt – auf der Kante.

Pascal starrte fassungslos auf die Münze und wusste nicht, was er sagen sollte.

Und auch Jahre später, am Ende seines Lebens, auf Maries allerletzte Frage, wusste er nur einen Teil der Antwort, doch ihre sanfte Stimme und ihre zarte Hand auf seiner Wange gaben ihm den Keim der Hoffnung wieder.

«Eine Wette, bei der man alles gewinnen, jedoch nichts verlieren kann», sagte Blaise Pascal lächelnd.

XI

So reiste Marie zusammen mit Isabelle weiter durch die Zeiten, und etwa hundert Jahre später – Marie war nun im achtzehnten Jahrhundert angelangt – traf sie einen Mann auf einer Landstrasse. Diese Strasse führte von der Stadt Paris zum Schloss Vincennes, wo der Mann einen Freund besuchen wollte. Er machte unter einem grossen Baum Rast, als Marie ihn traf. Der Mann war mittleren Alters und schien irgendwie traurig und wütend zugleich. Er war so sehr in das Lesen einer Zeitung vertieft, dass er Marie zunächst gar nicht bemerkte, denn er hielt die Zeitung beim Lesen vor seinem Gesicht. Marie schob ein Blatt von Isabelle über den Rand der Zeitung, die «Mercure de France» hiess. Aufgeschreckt durch Maries Stimme, blickte der Mann nun über die Zeitung, direkt in Maries lächelndes Gesicht und zugleich auf Isabelles Blatt, das Marie ihm hinhielt. Dann waren die beiden auf einmal weg und das Blatt tat seine Wirkung an ihm.

Und auch er würde berühmt werden, denn das Blatt brachte ihn auf die Idee, auf die Frage, die in der Zeitung stand, zu antworten. Es war dies eine Frage von der Akademie der Wissenschaften – das waren ganz gescheite Menschen, die von der Akademie der Wissenschaften – und die Frage, die in der Zeitung stand, war ganz schön schwierig.

Der Brief, in dem dann dieser Mann seine Antwort auf die Frage der Akademie schrieb, machte ihn berühmt. Er behauptete, dass alle Menschen im Grunde gut seien, doch da die Menschen mit anderen Menschen zusammen seien – würden sie schlecht und böse. Dies brachte dem Mann viel Ruhm und er wurde ein grosser Denker. Und da er ganz und gar überzeugt von seiner Theorie war, verbrachte er den Rest seines Lebens allein und einsam in einem grossen Schloss nahe der Stadt Paris.

Als er sehr alt war, besuchte ihn Marie ein zweites Mal. Und erst da fragte sie nach seinem Namen.

«Jean-Jacques, Kind. Mein Name ist Jean-Jacques Rousseau.» Seine Stimme klang nicht mehr wütend wie vor vielen Jahren, sondern nur noch alt und traurig.

Und Marie brauchte nur in seine Augen zu schauen, um zu wissen, dass er weder glücklich geworden war noch sich besser gefühlt hatte als einsamer Mensch. Alles Alleinsein hatte ihm nichts genützt und auch Maries Frage konnte er nicht beantworten, sondern blickte mit weinenden Augen in Maries Gesicht – und erst als er ihre letzten Worte und ihre zarte Hand auf der seinen spürte, wurde sein Herz leicht und sein Lächeln wurde vom gleissenden Licht, in das Marie und Isabelle verschwanden und weiterreisten, erhellt.

«Der Mensch ist im Grunde gut,
doch die Gesellschaft
anderer Menschen
macht ihn schlecht»,
sagte Rousseau.

XII

Und kurz darauf – immer noch im achtzehnten Jahrhundert – fand sich Marie in einer sternklaren und angenehm warmen Nacht in einem grossen Park mit schönen Bäumen wieder.

«Das ist Königsberg, Marie», flüsterte Isabelle. Doch ihre Stimme klang anders als sonst. Müde und auch ein wenig traurig. Auch Marie fühlte nun, zunächst ganz wenig, doch mit der Zeit immer stärker, eine bleierne Müdigkeit in sich aufsteigen, und an ihren schlanken Beinchen spürte sie ein Jucken. Sie versuchte, die Müdigkeit und das Jucken zu vergessen, doch bevor sie ihre Frage stellen konnte, hörte sie Isabelles Stimme: «Wir müssen uns beeilen, Marie … Meine Kräfte lassen langsam nach.» Dann deutete sie mit ihren Blättern nach links, ihre Stimme klang wieder fest und bestimmt: «Dort, siehst du? Dein nächster Besuch kommt.»

Marie sah einen Knaben an der Hand seiner Mutter den Weg heranspazieren. Der Knabe war sehr hübsch, jünger und auch etwas kleiner als Marie. So an die sechs oder sieben Jahre alt musste er wohl sein, vermutete Marie, als der Junge und seine Mutter näher kamen. Als der Knabe Marie am Rand des Gehweges des Parks stehen sah, löste er sich von der Hand seiner Mutter und blieb vor Marie stehen, lächelte und sagte: «Oh, das ist aber eine schöne Blume, die du da hast. Kann ich die haben?» Er streckte seine Hand aus, doch Marie lächelte zurück und sagte: «Nein, die Blume kann ich dir nicht geben, aber ein Blatt von ihr schenke ich dir.»

Das Blatt tat seine Wirkung wie bei allen anderen vor ihm. Marie und Isabelle waren schon weg, da erst hörte der Knabe die Stimme seiner Mutter, die erschrocken bemerkt hatte, dass ihr Sohn nicht mehr an ihrer Hand ging, sondern stehengeblieben war und in den sternenübersäten Nachthimmel starrte. Erneut rief sie seinen Namen: «Immanuel, komm jetzt!» Der Knabe erwachte aus seiner Erstarrung, dann schaute er nochmals in den nächtlichen Sternenhimmel und murmelte leise: «Der Himmel über mir und ...»

«Immanuel ...!»

«Ja, Mutter, ich komm ja schon.»

Die Zeit verrann und aus dem Knaben von einst war ein alter Mann geworden.

Das neunzehnte Jahrhundert war soeben angebrochen, als Marie ihn das zweite Mal besuchte. Der alte Mann namens Immanuel Kant lag in seinem schönen Haus todkrank in seinem Bett, als Marie dessen Schlafzimmertür öffnete. Seit Wochen, Monaten gar, hatte der alte Mann mit niemanden mehr gesprochen. Seine einst grossartige Fähigkeit, seine brillanten Gedanken in Worte und Sätze zu fassen, diese Gabe und seine Intelligenz, die noch viele Generationen nach ihm in Erstaunen – und manche auch in Wut – versetzen sollten, all dies war weggewischt, getilgt und ausgelöscht von der Krankheit, die er hatte. Marie ging leise an sein Bett.

Er schlief und er wachte auch nicht auf, als Marie seinen Namen rief. Er wachte auch nicht auf, als Marie ihn sanft an die Schulter tippte. Marie wollte schon wieder gehen, da bewegte sich Isabelle in ihrer Hand und wisperte: «Lass *mich* ihn berühren.»

Marie hielt Isabelle an die Wange des schlafenden Immanuel. Ein helles Licht durchflutete seinen Körper und – da zuckte dieser, wie wenn ein Stromstoss durch seinen Körper fliessen würde. Er schlug die Augen auf und schien auf einmal hellwach und ganz und gar nicht mehr todkrank zu sein.

Dann richtete er sich ächzend und stöhnend im Bett auf, schaute Marie verwundert an und sprach: «Ich träumte schon einmal von dir, vor sehr langer Zeit.»

Marie trat einen Schritt vom Bett zurück und lächelte: «Ja, das hast du, in einem Park, mit deiner Mutter.»

Sie setzte sich auf den Hocker neben dem Bett, liess ihre Füsse baumeln und fragte: «Was hast du also herausgefunden, Immanuel?»

«Viele Dinge, mein Kind.» Seine Stimme klang fest und munter. «Dinge über die Vernunft, Dinge über die Moral, über meinen kategorischen Imperativ, dass alles ...»

«Halt, halt, halt ...» Marie hatte ihn sanft, aber bestimmt unterbrochen. «Du hast doch etwas gesagt, damals, als deine Mutter dich rief und du in den Sternenhimmel schautest.»

Immanuel lächelte auf einmal: «Ja. Du hast recht: Ich sagte: ‹Der Himmel über mir und das Gesetz in mir.›»

«Was meintest du damit? Was heisst, das Gesetz in mir?»

«Das, was ich dir soeben erklären wollte: Der Kantsche Imperativ: Ich habe sogar Bücher darüber geschrieben und ...»

Wieder unterbrach ihn Marie: «Erkläre es mir – ganz einfach, so, dass ich es verstehen kann. Bitte, Immanuel.»

Er überlegte eine Weile besonnen, dann sagte er: «Nun gut. In einfachen Worten: Dass das moralische Gesetz in mir zu jeder Zeit als Gesetz für alle Menschen gelten kann und soll.»

Marie runzelte die Stirn, überlegte einen Moment und fragte: «Ich soll also so gut sein, dass meine guten Taten und Gedanken für alle Menschen gelten sollen? So wie wenn es ein Gesetz wäre?»

Er dachte nach, dann brummte er, nun wieder etwas müde, zurück: «Naja, ist zwar etwas arg vereinfacht ...

doch wenn ich es genau überlege … Ja, in etwa so, wie du es gerade gesagt hast.»

«Und wie weiss ich, dass das, was ich denke und tue, gut oder schlecht ist? Was, wenn nur *ich* meine, es sei gut, aber andere denken, es sei schlecht?»

«Jeder Mensch weiss, was gut oder schlecht ist», erwiderte Kant.

«Mhmm? Und was, wenn ich nur glaube zu wissen, was gut oder schlecht ist?», antwortete Marie.

Und so brachte Marie den alten Immanuel Kant in seinen letzten Lebensminuten noch ein letztes Mal ins Grübeln, und die *Frage aller Fragen* konnte auch er nicht reinen Herzens beantworten. Doch bevor er wieder – diesmal für immer – einschlief, erhellten Maries letzte Worte sein altes Herz und zauberten ein Lächeln auf seine Lippen.

Und so reisten Marie und Isabelle immer weiter durch die Zeiten.

Immer besuchten sie die Menschen, die sie trafen, zweimal. Und jedes Mal gab Marie ihnen beim ersten Mal – wie Elvis es ihr aufgetragen hatte – ein Blatt von Isabelle und brachte so diese Menschen auf grossartige Ideen und Gedanken. Ganz viele Dinge lernte Marie auf diese Weise von diesen klugen Menschen, doch die richtige Antwort auf die *eine Frage*, die Frage, die sie selbst ihrem Grossvater Matimba ohne Zögern und Zaudern aus tiefem reinen Herzen beantwortet hatte – bevor sie dann starb – die einzig richtige Antwort, hatte bis jetzt noch keiner von denen gewusst, die sie besucht hatte.

Allmählich hatte sie sich an diese Reisen nun schon soweit gewöhnt, dass sie sich fragte, ob dies ewig so weitergehen würde? Doch ewig war das falsche Wort, denn für Marie verging die Zeit einerseits überhaupt nicht, und anderseits – merkwürdigerweise – wie im Fluge. Unsichtbar für alle, denen ihr Besuch nicht galt und dank Isabelle – wie Marie zu vemuten begann – konnte ihr bis jetzt weder die eisigste Kälte noch die grösste Hitze etwas anhaben. Sie verspürte weder Hunger noch Durst, sondern nur Zufriedenheit und Glück. Doch je länger die Reise dauerte, desto mehr begann dieser Schutz nachzulassen, ganz wenig zunächst, doch sie fühlte es genau – mit jedem weiteren Besuch wurde sie müder und schwächer und immer öfter spürte sie ein merkwürdiges Jucken und Zwicken auf ihren Beinen.

Und immer öfter musste sie an ihren Grossvater Matimba denken, der jetzt ganz allein seine Tage verbringen musste. So gerne hätte sie ihn noch einmal gesehen, ihn nur einmal noch – ein letztes Mal – umarmt, seine grosse starke Hand gehalten und sich wie früher an ihn gekuschelt. Doch dies schien nicht möglich, denn sie war ja tot. Vielleicht wollte Onkel Elvis sie so lange zu den Menschen schicken, bis sie einen fand, der die Antwort wusste. Was sie jedoch nicht verstand war, warum all diese klugen Menschen die, wohl dank Isabelles Blättern, schon so viel herausgefunden hatten und alle so schlau und intelligent waren, warum keiner dieser Männer die Antwort, die ja so kinderleicht zu beantworten war, wusste.

XIII

Ein paar Jahrzehnte später traf Marie einen sehr von sich überzeugten jungen Mann. Er schien auf alles und jeden wütend zu sein, denn er schimpfte in einem fort und fauchte Marie an: «Die Zeit wird kommen, in der, wer nicht weiss, was ich über eine Sache gesagt habe, sich als Nichtwisser blossstellt.»

Marie konnte ein Kichern nicht verkneifen, als er ihr dies sagte, denn sie erinnerte sich daran, was ihr Grossvater Matimba – und auch allen anderen Kindern im Dorf immer gepredigt hatte, nämlich, dass der, der sich selbst lobe, wohl ein einsamer Tor sein müsse.

Doch dann erinnerte sich Marie wieder, weshalb sie eigentlich hier war. Sie trat einen Schritt auf den Mann zu und sagte: «Streckst du mal den Arm aus bitte.»

Der Mann war so verblüfft, dass er es unwillkürlich tat, und da legte Marie eines von Isabelles Blättern in die offene Hand des Mannes und verschwand in einem hellen Licht.

Und trotz seiner Überheblichkeit, seiner immerwährenden Wut und seines fortwährenden Geschimpfes – alles Eigenschaften, die der Mann nie abgelegt hatte und deshalb auch nie sehr beliebt bei anderen Menschen wurde – war der junge Mann nun, da Marie ihn zum zweiten Mal besuchte, schon sehr alt, doch er war auch sehr intelligent und ein grosser Denker war er auch geworden. Er behauptete, herausgefunden zu haben, dass der Mensch nichts wirklich selbst entscheiden könne, denn ein «Etwas», das der Mann, «das Unbewusste im Menschen» nannte, entscheide eigentlich alle Dinge.

Marie fand dies sehr lustig, doch um den Mann nicht zu beleidigen, blieb sie ernst, als sie fragte: «Dann kann ein Mensch also gar nicht selbst entscheiden, was er tut?» Der Mann schien nicht gewillt, sich mit einem kleinen Traummädchen lange zu unterhalten und raunzte ziemlich unhöflich: «Das verstehst du sowieso nicht.»

Marie jedoch blieb gelassen, lächelte weiter und fragte, wie er denn heisse, denn sie wolle wissen, mit wem sie gesprochen habe, denn sie wolle in vielen Jahren nicht zu den Nichtwissern zählen, wie sie mit leicht ironischer Stimme anfügte. Aber der alte Mann schien diese Ironie – wie alle arroganten und von sich überzeugten Menschen – gar nicht wahrzunehmen, sondern fühlte sich geschmeichelt in seiner Eitelkeit und schnarrte mit strenger Stimme: «Schopenhauer ist mein Name. Arthur Schopenhauer, merk dir das!»

«Dann sag mir, Arthur, warum denn der Mensch gar nichts selbst entscheiden kann. Das hast du doch herausgefunden, oder nicht?»

Schopenhauer wusste um das Gewicht und die Komplexität seiner Theorie. Wie sollte er diese einem kleinen Mädchen erklären? Wie in aller Welt sollte er so einer Göre seine Theorie verständlich machen, dachte er missmutig und wollte etwas Abweisendes erwidern. Doch bevor er dies tun konnte, hörte Marie Isabelles Stimme, die ihr etwas zuflüsterte. Da trat Marie einen kleinen Schritt auf Schopenhauer zu und sagte: «Kannst du bitte deinen rechten Arm heben, Arthur?» Und Maries Stimme klang (weil Isabelle ihr ins Ohr geflüstert hatte, sie solle diesen Satz

«Das Unbewusste lenkt den Menschen», schnarrte Schopenhauer sie arrogant an.

sehr bestimmt sprechen) so hell und klar, dass der verdutzte Schopenhauer seinen rechten Arm ohne Widerspruch hob.

Marie musste kichern, als sie fragte: «Wer hat denn nun deinen Arm gehoben? Warst das nicht du selbst?»

Und während Schopenhauer noch ganz verdutzt war und langsam seinen Arm senkte, stellte ihm Marie *die Frage aller Fragen*. Aber auch er wusste die Antwort nicht. Doch selbst ihm, er der sein ganzes Leben wütend auf alles und jeden war, erhellten Maries letzte Worte das alte Herz.

XIV

Während sie wieder durch die Zeiten und das unendlich farbige schöne Lichtermeer reisten, beschlich Marie ein merkwürdiges Gefühl: «Warum nur schickt mich Onkel Elvis durch die Zeiten, wenn sowieso keiner dieser Menschen imstande ist, *die Frage aller Fragen* zu beantworten? Vielleicht ist die Frage zu schwierig – oder vielleicht gibt es trotzdem mehr als eine richtige Antwort. Vielleicht …»

Da hörte sie Isabelles Stimme und wieder schien sie ganz genau zu wissen, was Marie gerade dachte, denn sie antwortete auf Maries Gedanken mit strenger Stimme: «Nein, es gibt nur eine richtige Antwort auf die Frage!» Ihre Stimme wurde gar noch eine Spur schärfer und ihre Blätter vibrierten sehr entschieden, als sie weitersprach: «Und jeder Mensch kennt die Antwort! Einem jedem Menschen wurde die richtige Antwort auf die Frage in die Wiege gelegt!»

«Aber warum weiss denn keiner die Antwort, Isabelle?», erwiderte Marie etwas trotzig.

«Jeder Mensch kennt die Antwort, und jeder, den wir bis jetzt getroffen haben, wusste die Antwort ganz genau.»

«Aber warum antwortete dann keiner richtig?», unterbrach Marie voller Ungeduld.

Isabelles Blätter vibrierten noch stärker, doch ihre Stimme klang sanft, traurig fast. «Weil sie alle die Antwort fürchten, Marie. Denn die Frage ist ein Spiegel ihrer Seele.» Dann senkte sie ihre Blätter und stiess einen Seufzer aus.

Marie streichelte über Isabelles Blätter, ein Gefühl des Unbehagens beschlich ihr Herz, sie kratzte sich an ihren Beinchen. Das Jucken war stärker geworden und ein paar kleine rote Pusteln hatten sich gebildet, doch bevor sie weiter darüber nachdenken konnte, waren sie schon angekommen.

Nur ein paar Jahre waren vergangen und Marie besuchte den Mann schon zum zweiten Mal. Einen sehr alten Mann. Er war sehr nett und besonnen und sprach langsam und bedächtig, als er sich mit Marie unterhielt. Er hatte einen langen, grauweissen buschigen Bart, tiefliegende Augen, die sehr ernst dreinschauten, und eine tiefe Stimme.

Der Mann hiess Charles und so fragte Marie: «Was also hast du herausgefunden, Charles?»

Charles Darwin war ein bescheidener Mann und nun, da dieses Traumkind, wie auch er dachte, ihm zum zweiten Mal erschien, war er schon weit über siebzig Jahre alt und er fand es amüsant, sich mit seinem Jugendtraum-Mädchen zu unterhalten, denn lange würde er wohl nicht mehr leben.

Also erklärte er Marie, was er über die Evolution herausgefunden hatte; dass der Mensch vom Tier abstamme. Er sprach in einfachen und klaren Worten: Diese sogenannte Evolution habe er, Charles Darwin, wissenschaftlich bewiesen. Alle Hinweise, die er gefunden habe, deuteten darauf hin, dass der Mensch und das Leben schlechthin, aus einer einzigen Urzelle entstanden sei. Dann, über viele Tausend, ja gar Millionen von Jahren, hätten sich aus dieser einen Zelle allerlei Tier- und Pflanzenarten entwickelt.

Er machte eine Pause, dann erklärte er der staunenden Marie weiter: Danach sei etwas geschehen, das er, Darwin, «natürliche Auslese» nenne. Als er Maries fragende Augen bemerkte, fuhr er fort: Natürliche Auslese bedeute, dass sich die stärksten oder die anpassungsfähigsten Lebewesen durchsetzten. Und dies sei gut so, denn so sei es eben in der Natur: Die Stärksten und die Anpassungsfähigsten würden überleben – die anderen nicht.

Marie war etwas traurig, denn sie musste wieder an ihren Grossvater Matimba, an ihre Eltern und an alle sonstigen Menschen und Kinder denken, die auf der dunklen Seite des Planeten Erde lebten. Sie wollte Darwin fragen,

«Und wann ist alles fertig entwickelt, Charles?», fragte Marie sachte.

warum denn die anderen Menschen, die Starken und Reichen, denen, die schwächer und ärmer sind, nicht helfen sollten. Doch bevor sie den Mund aufmachen konnte, spürte sie ein scharfes Stechen auf ihrer Hand, mit der sie Isabelle hielt.

Marie schrie verwundert auf, schaute auf ihre schmerzende Hand. Da sah sie, dass aus Isabelles grünem Stiel blitzschnell ein Stachel gewachsen war, der sie gestochen hatte und sie sah, wie der Stachel ebenso blitzschnell verschwand, als sei er nie da gewesen. Isabelles Stimme klang wütend, als sie zischte: «Du darfst ihm diese Frage nicht stellen!»

«Warum nicht?», fragte Marie erstaunt.

«*Diese Frage* musst du Onkel Elvis stellen.» Isabelle schien nicht gewillt, darüber zu diskutieren, denn sie fuhr gleich weiter: «Frag Darwin folgendes …» Leise drangen Isabelles geflüsterte Worte in Maries Ohr. So tat Marie, wie ihr geheissen und fragte: «Charles?»

«Ja, mein Kind?»

«Was genau bedeutet Evolution?»

«Entwicklung.»

«Und du sagst also, der Mensch ist ein Tier?»

«Nein, nein, mein Kind, das habe ich nicht behauptet. Ich sagte, dass der Mensch vom Tier abstamme.»

«Ist das nicht dasselbe?»

«Nicht so ganz. Aber das ist nun schon arg schwierig, einem kleinen Mädchen zu erklären.» Er lächelte und fand dieses Traumgespräch sehr amüsant, so dass er weiter sprach, in der Überzeugung, zu sich selbst im Traum zu sprechen: «Der Mensch kann sehr wohl vom Tier abstammen – und das tut er auch, wie ich bewiesen habe – aber er muss ja selbst kein Tier sein in seinen Taten. Dafür hat uns ja irgendjemand mit dem Verstand ausgestattet. Ob es Gott war oder nicht … wer kann das schon wissen?»

Marie dachte eine Weile nach und sagte dann: «Etwas habe ich noch nicht verstanden, Charles.»

«Was denn, mein Kind?»

«Evolution heisst doch Entwicklung.»

«Genau.»

«Und wann ist alles fertig entwickelt?»

«Was meinst du mit fertig?»

«Na, zu Ende entwickelt, fertig eben, so wie wenn man eine Hütte baut, bis sie fertig ist.»

«Ah … ich verstehe … ja, wenn du das so sagst, dann ist der Mensch fertig entwickelt. Oder fertig gebaut gewissermassen.» Er musste lachen. «Ja, wie eine Hütte … hihi, der Mensch ist fertig gebaut, wie eine Hütte eben.»

«Und wie kannst du wissen, Charles, dass die Hütte und der Mensch auch wirklich fertig sind? Vielleicht stehst du erst in einem Raum der Hütte.»

«Nun ja, das ist sehr kompliziert. Man nennt dies Evidenz. Selbst wenn es nur ein Raum sein sollte in der Hütte, so muss ich annehmen, dass der Raum seinen Zweck als Teil der Hütte erfüllt.» Er machte eine kurze Pause und fügte dann an: «Genau wie der Mensch seinem Zweck dient.»

«Charles?»
«Mhmm.»
«Was ist denn der Zweck des Menschen?»
«Das kann ich dir auch nicht sagen.»
«Charles?»
«Ja?»
«Wer hat denn die Hütte gebaut?»
«Niemand. Sie ist entstanden.»
«Einfach so … aus dem Nichts?»
«Ich weiss es nicht.» Der alte Darwin schien langsam etwas genervt ob seinem Traum: «Herrje Kind, das mit der Hütte war doch nur ein Beispiel.»
«Charles?»
«Ja … was denn noch?»
«Vielleicht ist der Mensch noch nicht fertig entwickelt.»
«Wie meinst du das?»
«Na, so wie man nicht wissen kann, ob eine Hütte mehr als einen Raum hat. Vielleicht braucht es noch Zeit, bis der Mensch ganz fertig gebaut ist.»
Er grübelte und grübelte. Da stellte Marie auch ihm *die Frage aller Fragen*, doch auch Darwin wusste die Antwort nicht reinen Herzens zu beantworten und nur ihre sanft geflüsterten letzten Worte gaben dem alten Charles Darwin einen Funken Hoffnung wieder.

Und so reisten Marie und Isabelle weiter durch die Zeiten.

XV

Es war Nacht. Marie schaute sich um.

Sie standen mitten auf einer Strasse. Links und rechts waren Häuser, besser gesagt, ganze Häuserzeilen. Eingang an Eingang, Fenster an Fenster reihten sich die Häuser aneinander wie adrett angezogene Kinder. Und am Ende der Strasse stand ein grosses Tor oder eher ein Turm.

«Das ist eine Stadt in einem Land, das Schweiz heisst.» Sie streckte ihre gelben Blätter aus und zeigte auf das grosse Tor.

«Isabelle? Wo sind wir?», fragte Marie mit leicht vibrierender Stimme, denn sie spürte die kalte Nachtluft um ihre nackten Beine wehen.

«In Basel», antwortete Isabelle mit sanfter Stimme, und da Marie sie fragend anschaute, sprach sie weiter: «Das ist eine Stadt in einem Land, das Schweiz heisst.»

Sie streckte ihre gelben Blätter aus und zeigte auf das grosse Tor: «Geh durch das Tor.» Marie schaute Isabelle erstaunt an. «Ein Tor nennst du das? Das sieht aber mehr wie ein Turm aus.»

Isabelle lächelte. «Du hast Recht. Früher war es ein Tor, das Spalentor, wie es genannt wird, heute ähnelt es mehr einem Turm, da die Mauer fehlt. So, das reicht jetzt aber als Erklärung, du kleine Naseweis», scherzte Isabelle. Dann zeigten ihre Blätter auf etwas. «Da vorne. Siehst du den Mann da?»

Marie nickte.

«Folge ihm. Er wohnt gleich um die Ecke.» Der Mann war der einzige Mensch, der zu sehen war, denn es war bereits Nacht. Er trug einen langen Mantel und einen hohen schwarzen Hut. Er ging schnellen Schrittes über die Strasse, dann an einer weiteren Häuserzeile vorbei und verschwand in einem Eingang. Marie hatte es nicht eilig und stand erst ein paar Minuten später vor dem Hauseingang, in dem der Mann verschwunden war. Die Tür war nicht verschlossen und Marie ging hinein. Vor einer Zimmertür, unter der Licht hindurchschimmerte und leises Rascheln und Schritte zu hören waren, blieb Marie stehen, dann klopfte sie leise an und trat ein.

«Erinnerst du dich an meinen ersten Besuch bei dir, mein kleiner Fritz?», flüsterte Marie. Der Mann erschrak sichtlich. Er sass an einem kleinen Schreibtisch – vor sich ein Stapel säuberlich sortierter Blätter. Er schien so sehr vertieft ins Schreiben gewesen zu sein, dass er Marie erst richtig wahrnahm, als sie schon fast bei ihm am Schreibtisch stand und auch schon weitersprach: «Du warst erst vier oder fünf Jahre alt. Dein Vater und dein Bruder waren kurz zuvor gestorben.»

Marie hielt inne und überlegte, ob dies wohl der Grund gewesen war, weshalb sie ihn schon so jung besucht und ihm Isabelles Blatt übergeben hatte. Deshalb konnte sich der junge Mann wohl nicht erinnern. Sie wusste es nicht, doch je länger diese Reise dauerte und je mehr Menschen sie besuchte, desto klarer wurden gewisse Dinge.

«Eintagsfliegen sind wir nur …»

«Was schreibst du da?»

Der junge Mann war perplex. Wer war dieses Kind? Wie kam es in seine Wohnung? Warum kannte die Kleine den Namen, den er seit Kindheit schon hasste und schon lange nicht mehr verwendete?

«Lies, was er geschrieben hat», flüsterte Isabelle.

Marie schaute Isabelle erstaunt an und antwortete: «Aber Isabelle, ich kann doch gar nicht lesen.» Einen Augenblick leuchteten Isabelles Blätter in Maries Hand auf und Marie fühlte, wie eine grosse Wärme durch ihren Körper floss.

«Jetzt *kannst* du lesen», sagte Isabelle mit einem Zwinkern ihrer Blätter. Da trat Marie noch näher an den Schreibtisch und den Mann heran, und da er immer noch am Grübeln war, ob er wohl träume oder nicht, erhob er keinen Einwand, als Marie eine der beschriebenen Seiten vom Tisch hob und laut zu lesen begann.

Über Wahrheit und Lüge im aussermoralischen Sinne.

Sie musste kichern und sagte: «Das ist aber ein komplizierter Titel, den du gewählt hast Fritz.» Sie las weiter.

In irgendeinem abgelegenen Winkel des in zahllosen Sonnensystemen flimmernd ausgegossenen Weltalls gab es einmal ein Gestirn, auf dem kluge Tiere das Erkennen erfanden. Es war die hochmütigste und verlogendste Minute der «Weltgeschichte». Aber doch nur eine Minute. Nach wenigen Atemzügen der Natur erstarrte das Gestirn, und die klugen Tiere mussten sterben. So könnte jemand eine Fabel erfinden und würde doch nicht genügend illustriert haben, wie kläglich, wie schattenhaft und flüchtig, wie zwecklos und beliebig sich der menschliche Intellekt innerhalb der Natur ausnimmt; es gab Ewigkeiten, in denen er nicht war, wenn es wieder mit ihm vorbei ist, wird sich nichts begeben haben. Denn es gibt für jenen Intellekt keine weitere Mission, die über das Menschenleben hinausführt. Sondern menschlich ist er, und nur sein Besitzer und Erzeuger nimmt ihn so pathetisch, als ob die Angeln der Welt sich in ihm drehten. Könnten wir uns aber mit der Mücke verständigen, so würden wir vernehmen, dass auch sie mit diesem Pathos durch die Luft schwimmt und in sich das fliegende Zentrum dieser Welt fühlt.

Marie hielt das Papier nachdenklich in der Hand, schaute zu dem Mann, der sie immer noch fassungslos anstarrte und fragte: «Das hab ich nicht so genau verstanden. Kannst du mir das bitte in einfachen Worten erklären, Fritz?»

Wieder war der Mann perplex, sodass er reflexartig antwortete – geradeso als würde er – wie er es gewohnt war, einen Vortrag vor seinen Studenten an der Universität halten. «Der Mensch ist ein kluges Tier, das sich jedoch zugleich selbst völlig überschätzt. Denn sein Verstand ist nicht auf die grosse Wahrheit, sondern nur auf die kleinen Dinge im Leben ausgerichtet.»

Endlich schien er zu begreifen, dass er gar nicht an einer seiner Vorlesungen war, sondern in seiner Wohnung und dass es Nacht war und, dass da vor ihm ein kleines Mädchen mit einer Blume in der Hand stand. Und das konnte auf keinen Fall sein, denn seine Tür war verschlossen.

«Es müssen meine Medikamente sein», murmelte er.

Doch Marie hatte ihn sehr wohl verstanden und sagte mit sanfter Stimme: «Nein Fritz, es sind nicht deine Medikamente.» Sie legte das Papier wieder auf den Schreibtisch und sprach weiter: «Du denkst also, dass die Menschen nur Tiere sind?»

«Genau so ist es», sagte er mit schmalen Lippen, die fast gänzlich von seinem riesigen Schnurrbart verdeckt waren. Er schien grosse Schmerzen zu haben. Marie konnte das fühlen, als sie weiterfragte: «Aber Menschen können sich doch lieben?»

Noch bevor er antwortete, ahnte Marie schon, dass auch dieser Mann die Antwort nicht kannte, doch sie gab die Hoffnung noch nicht ganz auf und wartete seine Antwort ab. «Liebe? Pah … eine blosse Illusion ist das … wie das Leben selbst. Alles eine Illusion.» Er winkte verächtlich ab.

Beide schwiegen eine Weile, nur das leise Ticken der grossen Wanduhr war zu hören.

«Dann ist das Leben also sinnlos?», wisperte Marie.

Er wiegte seinen Kopf hin und her; es schien ihm nicht sonderlich gut zu gehen, doch dann sagte er mit bestimmter Stimme: «Ja. Im Grunde genommen schon. Genau, Eintagsfliegen sind wir nur.»

Sie schwiegen lange. Nur die Wanduhr tickte leise weiter. Ganz leise und doch unbeirrbar: Tik tak tik tak tik tak … Die Zeit tickte dahin und floss davon.

Nach einer Sekunde oder auch einer Stunde – weder Marie noch Friedrich konnten genau sagen, wie viel Zeit sie schweigend dagesessen hatten – sich beide einfach in die Augen schauend, fragte Marie ganz leise – ein Wispern nur: «Friedrich?»

«Mhmm?»

«Wenn das Leben sinnlos ist, warum suchen denn alle Menschen nach einem Sinn? Man sucht doch nichts, dass man nicht zu finden hofft.»

Dann reiste Marie weiter und bloss wenige Jahre später besuchte sie den Mann, der Friedrich Nietzsche hiess, ein zweites und letztes Mal. Obschon er noch gar nicht alt war, würde er bald sterben. So vieles hatte Nietzsche herausgefunden, doch die richtige Antwort auf *die Frage aller Fragen* wusste auch er nicht reinen Herzens zu geben. Nur Maries letzte sanft geflüsterten Worte vermochten seine Traurigkeit in leise Hoffnung zu wandeln.

XVI

Und zu Beginn des zwanzigsten Jahrhunderts – ein neuer Krieg war gerade am Ausbrechen, doch Marie wusste noch nicht, was Krieg war – stand sie, Isabelle fest in ihrer kleinen Hand umschlossen, am Ufer eines Flusses.

«Das ist die Weichsel, Marie», raunte Isabelle. «Der junge Mann dort auf dem Wachboot, dem gilt dein Besuch.» Marie ging über den wackeligen Steg. Die rauen Planken des Bootstegs stachen in ihre nackten Füsse, doch Marie biss die Zähne zusammen und versuchte, den Schmerz zu vergessen und dachte: «Ich muss jemanden finden, der die Antwort kennt – ich muss!»

Sie hatte noch nie so ein Boot gesehen. Ein paar Männer in langen grauen Mänteln taten sehr geschäftig auf dem Boot; alle hatten sie Gewehre und alle waren genau gleich angezogen; lange graue Mäntel, graue Hosen mit roten dicken Streifen an den Hosenbeinen, und manche der Männer hatten ein Abzeichen auf dem Ärmel des Mantels. Und alle trugen sie lustig anzuschauende Helme aus Eisen. Und auf den Helmen war eine kleine Spitze, so wie bei einer der Kathedralen, die Marie gesehen hatte, nur dass diese Spitze auf den merkwürdigen Hüten aus Eisen viel kleiner war. Und was Marie noch als viel merkwürdiger empfand war, dass alle Männer jung und gut gelaunt schienen, denn sie scherzten und lachten alle, so wie wenn es gleich ein grosses Fest geben würde. Und noch etwas fiel Marie auf: alle diese Männer hatten Schnurrbärte.

Dicke Schnurrbärte, die manch einem der jungen Männer die Lippen und den Mund gänzlich verdeckten und mach andere hatten ihre Schnäuze in lustig anzuschauender Manier nach oben gezwirbelt.

«Sieh mal Isabelle, die sind aber lustig anzuschauen und alle so fröhlich ...»

Isabelle antwortete zunächst nicht, dann sagte sie mit düsterer Stimme: «Das sind Soldaten, Marie. Bald werden die nicht mehr lachen … denn bald wird hier Krieg herrschen.»

Schon wieder dieses Wort, das Marie nicht verstand und das Isabelle ihr nicht erklären wollte. «Krieg? Was kann das bloss sein», überlegte Marie. Und wieder einmal schien Isabelle ihre Gedanken lesen zu können.

«Das wirst du noch früh genug erfahren.» Die letzten Worte flüsterte Isabelle und ein bedrohlicher Klang lag in ihrer sonst so sanften Stimme. «Ja, noch früh genug wirst du es sehen.» Dann streckte sie ihre Blätter und sagte: «Dort ist dein Besuch.»

In einer Ecke des Bootes, auf einer kleinen Kiste aus Holz, sass ein junger Mann. Auch der sah wie alle anderen aus. Er las eine Zeitung und war ganz darin vertieft.

Marie trat an ihn heran. «Hallo, wie heisst du?» Der junge Mann sah verwundert auf, mechanisch antwortete er in militärischem Tonfall schnarrend: «Gefreiter Ludwig!» Dann schaute er genauer hin und – rieb sich ungläubig die Augen: dasselbe Mädchen – wie damals in der Schule! Hier war es wieder, dieses kleine Mädchen mit dem blauen Kleidchen und der Blume, hier, auf

«Bis später, Ludwig.»

einem militärischen Wachboot in höchster Alarmbereitschaft. Er hatte keine Zeit, weiter zu grübeln, denn Marie sprach schon weiter: «Erinnerst du dich an mich, Ludwig? Damals in der Schule … auf dem Schulhof?»

Und auf einmal überfiel Marie wieder dieses Gefühl, wie damals schon, als ob ein dunkler Schatten über sie kommen würde. Sie erinnerte sich an das Gespräch mit dem jungen Ludwig ganz genau. Wie er dastand, im Schulhof. Doch nicht Ludwig war es gewesen, der dieses Gefühl der Angst bei Marie damals ausgelöst hatte. Irgendetwas anderes, etwas düsteres war da noch gewesen … Marie begann zu frösteln, eine unbestimmte, doch spürbare Furcht erfasste einen Augenblick ihr kleines Herz … Hastig hielt Marie Ludwig eines von Isabelles Blättern hin und sagte: «Bis später Ludwig», und verschwand in einem kurzen hellen Lichtblitz.

Und als Isabelles Blatt beim jungen Mann namens Ludwig seine Wirkung entfaltet hatte, nahm dieser die Zeitung, die er eben gelesen hatte, nochmals auf und las einen Artikel, der von einem Autounfall in Paris handelte. Wie er dort las, hatte die Polizei von Paris, das erste mal überhaupt, eine neue Methode verwendet, um den Hergang dieses Autounfalls zu rekonstruieren. Man hatte zwei kleine Modellautos gebastelt und versucht, anhand dieser Modelle den Unfall nachzustellen. Und als der junge Mann dies las, kam ihm eine Idee. Er nahm sein schwarzes Notizbuch aus der Manteltasche und notierte folgenden Satz: «Im Satz wird eine Welt probeweise zusammengesetzt.» Auch er hatte gerade eine grosse Entdeckung gemacht; dass die Sprache sehr wichtig ist. Dass ohne die Sprache der Mensch seine Umgebung und die ganze Welt und auch seine Mitmenschen gar nicht «begreifen» könne, wie er sehr viel später herausfinden würde.

«Die Sprache muss logisch und präzise sein
… ohne falsche Gefühle.»

Und wieder flogen die Jahre dahin. Der junge Ludwig überlebte den Krieg und wurde ein berühmter Professor in England. Dann erkrankte er und wusste, dass er bald sterben würde. Und da besuchte ihn Marie ein letztes Mal und fragte ihn – wie alle anderen vor ihm – was er herausgefunden habe. Ludwig erklärte Marie, dass er entdeckte, dass der Mensch ohne die Sprache gar nichts erkennen könne. Er fuhr mit vielen komplizierten Erklärungen fort; er erklärte, dass, weil die Sprache so wichtig sei – seiner Meinung nach das Wichtigste überhaupt –, dass eben deswegen die Sprache logisch und präzise sein müsse. Eine Sprache müsste man erfinden, die keinerlei falsche Gefühle beinhalte und nur das beschreibe, was man auch nachvollziehen könne. Eben eine präzise und logische.

Marie hatte geduldig zugehört, sich nur dann und wann an den immer stärker juckenden Beinen und Armen gekratzt. Doch nun unterbrach sie ihn und fragte: «Wäre das nicht eine langweilige Sprache?»

«Nein ...» Er musste husten. «Nein, es wäre eine Sprache ohne falsche Gefühle, eine Sprache ohne Lügen und ohne Hinterlist … eine ...»

Marie unterbrach ihn und legte ihre Hand auf seine fiebrig heisse Stirn. Sie sprach ganz sanft: «Aber das wäre dann doch auch eine Sprache ohne – Liebe!»

Er schaute Marie lange an, wieder schüttelte ihn ein starker Husten, dann nahm er ihre Hand in die seine und sagte: «Ja … vielleicht hast du recht.»

Dann stellte Marie ihm *die Frage aller Fragen*, doch sie wusste schon, dass auch Ludwig Wittgensteins Herz die richtige Antwort nicht geben konnte. Sie drückte seine Hand ein letztes Mal ganz zart, streichelte über seine heisse Stirn und als er ihre letzten Worte hörte, ward sein Herz voll der Hoffnung.

XVII

Als sie mit Isabelle in der Hand weiterreiste, verspürte sie erneut dieses dunkle Gefühl in ihr Herz dringen und dies machte Marie das erste Mal richtig Angst. Und während sie in einem Meer von Licht und Farben durch die Zeiten sausten, hielt Marie Isabelle ganz fest umklammert und fragte: «Isabelle, wir haben Ludwig doch als Junge in der Schule besucht?»

Isabelle wusste, was Marie fühlte, antwortete jedoch nur mit einem unbestimmten «Mhmm … ja ... und?»

«Und da, in der Schule, in der wir Ludwig besuchten, da hatte ich so ein merkwürdiges Gefühl. So wie wenn etwas dunkles, etwas bedrohliches uns beobachten würde … so ...»

Isabelle unterbrach sie: «Du hast den Keim des Bösen gespürt, Marie.» Sie schien zu überlegen, ob sie weitersprechen sollte, und fügte dann an: «Da war noch ein anderer Junge mit Ludwig an derselben Schule ...» Isabelle stockte, um dann ohne weitere Erklärungen das Thema zu wechseln. «Wir sind angekommen. Dein nächster Besuch wartet.»

Marie schaute sich um. Sie standen wieder auf einer Landstrasse. Ihre Beinchen juckten wie verrückt, sie kratzte an den Pusteln und an einigen Stellen platzten diese auf und kleine Bluttropfen rannen aus den Wunden. Isabelle wusste genau, was mit Marie geschah, wollte sie aber nicht beunruhigen und sprach mit ruhiger Stimme: «Dort, das Gasthaus. Geh hinein. Wir müssen uns beeilen, wir haben nicht mehr viel Zeit.»

Marie ging auf das Gasthaus zu. «Wo sind wir hier, Isabelle?»

«Ende achtzehntes Jahrhundert. Irgendwo zwischen Paris und Nancy.»

Marie öffnete die Tür zum Gasthof. Es waren fast keine Gäste anwesend. Ganz hinten, an einem Tisch am Fenster, sass ein junger Mann und las in einem Buch. Marie trat zu ihm und sagte: «Hallo.»

Er sah auf, dachte zunächst, es sei die Bedienung, doch bevor er sich wundern konnte, warum ein kleines mit Pusteln übersätes Mädchen ohne Schuhe in diesem Gasthof als Bedienung angestellt war, hielt er schon eines von Isabelles Blättern in der Hand, und das Mädchen war wie vom Erdboden verschluckt und verschwunden.

Ein paar Minuten später, als er wieder zu sich kam, nahm er ein leeres Blatt Papier aus seiner Tasche und begann zu schreiben: «Das Unterbewusste dominiert. Der Mensch ist nicht frei. Das Unterbewusstsein bestimmt über uns. Das Über-Ich und das Es …» Und je länger er schrieb, desto freudiger wurde er, denn er war sich sicher, ja er war sich absolut sicher, dass er gerade eine ganz grosse Sache über das Wesen der Menschen herausgefunden hatte.

Und dem war so! Auch dieser junge Mann wurde ein grosser Denker, Arzt und Forscher. Die Jahre vergingen wie im Fluge. Fast sein ganzes Leben verbrachte der Mann in Wien. Dort lehrte er, was er, dank Isabelles Blatt, alles herausgefunden hatte über die Psyche der Menschen. Und auch er wurde ein berühmter Mann. Dann jedoch ereilte ihn das Schicksal aller Menschen und er wurde alt und krank.

Doch nicht seine Krankheit bewog ihn, nach London in England zu ziehen, sondern etwas ganz anderes. Etwas, das Maries Herz schon einmal mit Furcht erfüllt hatte …

Marie war angekommen und stieg vorsichtig die knarrende Holztreppe hoch. Mehr als fünfzig Jahre waren vergangen, und als Marie die Tür zu dem Zimmer öffnete, auf die

Maries Blätter vorhin gezeigt hatten, sass er da – derselbe Mann, den sie im Gasthof getroffen hatte. Er war alt geworden, hatte fast keine Haare mehr auf dem Kopf und trug eine kleine runde Brille auf der Nase. Der alte Mann sass mit dem Rücken zur Tür und schien etwas zu tun. Als Marie an den Tisch trat, sah sie, dass eine Spritze auf dem Tisch lag. Neben der vollen Spritze lag eine leere Ampulle und der Mann hatte sein Hemd am rechten Arm hochgekrempelt.

«Hallo Sigmund», sagte Marie. Er betrachtete sie von oben bis unten und brummte: «Halluzinationen … auch das noch!» Dann nahm er die Spritze vom Tisch und stiess ein heiseres Lachen aus. «Nun ja, das spielt jetzt auch keine Rolle mehr.» Vorsichtig setzte er die Spritze an seinen Arm, um die Vene nicht zu verfehlen.

«Halt!» Marie legte ihre Hand auf seinen Arm. Er hielt inne. «Diese Halluzination ist noch realer, als ich es mir vorgestellt hätte … muss wohl am Morphium liegen», dachte er verwundert. Doch dann legte er die Spritze auf den Tisch zurück und dachte: «Was soll's, die Ewigkeit kann ja noch etwas warten.»

Er schaute das Mädchen, das er für eine Halluzination hielt, wieder an und tatsächlich, es sprach weiter, dieses Traummädchen: «Was hast du also herausgefunden, Sigmund?»

«Haha ...», wieder sein heiseres Lachen. «Jetzt, am Ende meines Lebens, soll ich dies einer Halluzination erklären?»

«Was ist das, eine … Halluzination?» Marie hatte das Wort noch nie gehört.

«Einbildung!» Seine Stimme klang auf einmal laut, er stand auf und starrte Marie an. «Einbildung. So wie du eben gar nicht hier bist. Das ist eine Halluzination. Mein Unterbewusstsein, mein Über-Ich, mein Es. All das, was ich herausgefunden habe, gaukelt mir hier was vor.»

Marie schaute ihn aus traurigen Augen an. «Und darum willst du dir das Leben nehmen?»

Maries Frage traf den Mann wie eine Ohrfeige.

Er senkte den Kopf, seine Stimme klang auf einmal brüchig, fast beschämt, als er leise sprach: «Ich bin ein schwer zugänglicher Mensch – immer schon gewesen. Ich nehme Kokain, von Frauen halte ich nicht viel, meine eigenen Kinder waren mir immer egal und ich duldete von niemandem Widerspruch. Und jetzt bin ich auch noch krank, alt und krank.»

Schwer atmend liess er sich in den Stuhl fallen und wischte sich die Tränen aus den Augen, dann nahm er die Spritze wieder vom Tisch und starrte in die hell schimmernde Flüssigkeit im Kolben. Seine Stimme klang ein wenig fester, als er weitersprach: «Aber ich bin einer der bedeutendsten Wissenschaftler und Denker dieser Zeit. Ja genau, lass uns dies nicht vergessen. Ich bin kein Geringerer als der Begründer und Entdecker der Psychoanalyse. Ich allein habe herausgefunden, dass der Mensch von seinem Unterbewusstsein gefangen gehalten wird. Dass er im Grunde ein willenloses Wesen ist ...» Wieder machte er eine Pause. «… getrieben nur von Instinkten, niederen, triebhaften und primitiven Instinkten.» Er lehnte sich etwas vor, seine Stimme klang wie ein leises Zischen. «Verstehst du das? Verstehst du, dass der Mensch, auch du, gar nicht frei ist?»

Marie hatte geduldig zugehört, ihre Hand hielt Isabelle umklammert. «Ja, ich verstehe das, Sigmund.» Sie überlegte einen Augenblick. «Doch … wenn man sich dennoch frei fühlt? Ich … ich fühle mich frei. Ich fühle mich nicht gefangen.» Marie schaute in seine alten Augen. «Ist es nicht viel wichtiger, wie man sich fühlt, Sigmund?»

Er stach mit der Nadel in seine Vene und schaute Marie traurig an. «Schade, dass du nur eine Halluzination bist, Kind … Ja, schade ...»

«Ich bin kein Geringerer als der Begründer und Entdecker der Psychoanalyse.»

«Warte!» Maries Stimme klang hell und laut: «Darf ich dir noch eine Frage stellen?»

Und sie stellte *die Frage aller Fragen*, doch er antwortete nur: «Das Böse ist in die Welt gekommen, Kind … das Böse … wie soll man da diese Frage noch richtig beantworten können.» Er drückte den Inhalt der Spritze in seine Vene. Langsam sank er im Stuhl in sich zusammen, sein Atem wurde schwächer und mit einem letzten Wispern hauchte er: «Das ist meine Antwort auf deine Frage.»

Da trat Marie ganz schnell noch einmal zu ihm, streichelte über seinen Arm und flüsterte ein paar Worte in sein Ohr. Er öffnete ein letztes Mal seine Augen und lächelte glücklich ob dem, was Marie ihm zugeflüstert hatte.

Marie war traurig und müde, ihre Hände zitterten, ihre Beine juckten wie verrückt und immer mehr Pusteln und eiternde Wunden sprossen auf ihrer sonst so makellosen Haut – doch sie wollte nicht aufgeben, nein, auf keinen Fall. «Ich werde einen Menschen finden, der die Antwort auf die *Frage aller Fragen* kennt», dachte sie. Sie streichelte über Isabelles Blätter, fasste neue Zuversicht und sagte: «Lass uns zum nächsten Besuch gehen, Isabelle!»

«Nein, Marie! Dies war dein letzter Besuch!»

XVIII

Marie zuckte vor Schreck zusammen. Nein, sie wollte nicht zurück, sie wollte einen Menschen finden, der die Antwort kannte, sie wollte die Menschen retten, sie wollte Isabelle um einen weiteren Besuch bitten, bloss einen noch … Doch bevor Marie etwas erwidern konnte, veränderte sich das Zimmer vor ihren Augen. Dort, wo eben noch der Tisch gestanden, war auf einmal endlose Weite, Sand und Büsche. Die Sonne schien angenehm warm, Marie fühlte den warmen Sand unter ihren Füssen, und als sie an sich hinuntersah, weiteten sich ihre Augen verwundert. Die Pusteln waren weg, ihre Haut wieder makellos, das Jucken und ihre Müdigkeit wie weggewischt. Dann hörte sie das Summen und Singen, der Himmel wurde dunkel, die Sterne erwachten, ein leises Knistern war zu hören. Sie drehte sich um und ihr Herz machte einen Freundensprung. «Onkel Elvis!»

Er sass am Boden. Der Lichtschein des knisternden Feuers widerspiegelte sich auf Elvis' Gesicht und liess es röter erscheinen als es war. Und noch etwas sah Marie – diesmal ganz deutlich, weil es Elvis direkt neben sich im Sandboden stehen hatte: Den Holzstamm, aus dem die Musik kam, die wie das Summen von Bienenflügeln und wie das Quaken von Fröschen und Kröten klang – und diese Musik schien unendliche Zauberkräfte zu bergen. «Zumindest wenn Onkel Elvis da reinbläst», dachte Marie.

Elvis musste lächeln, denn er kannte Maries Gedanken sehr wohl und so brummte er: «So ist es, meine kleine Prinzessin.»

Der rote Berg und auch die Landschaft waren genau dieselben wie zu Beginn der Reise. Elvis' weisse Zähne glitzerten heller als die Sterne, als er auf den Boden klopfte und sagte: «Setz dich neben mich, Marie. Ich will dir eine letzte Geschichte erzählen.»

«Aber Onkel Elvis, ich muss dir etwas sagen ...»

Doch Elvis legte seinen grossen Zeigefinger auf seine Lippen, klopfte erneut auf den Sandboden und sprach: «Nein, keine Fragen jetzt, setz dich hin und hör mir zu.» Marie tat wie ihr geheissen und er begann zu erzählen.

«Am Anbeginn lag Dunkelheit und Stille über der Erde, ihre Oberfläche war öde und leer, und nichts bewegte sich auf ihr. In einer Höhle, die tief unter einer weiten, baumlosen und kargen Ebene verborgen im Bauch der Erde lag, schlummerte eine schöne Frau. Es war die Sonne, die dort schlief. Die Hand des Ewigen berührte sie tief im Traum, und da erwachte sie. Sie solle aufstehen und ihre Höhle verlassen, sprach der Ewige, sie solle aufwachen und die Erde zum Leben erwecken. Mutter Sonne öffnete also ihre feurigen Augen, und ihre Strahlen fielen auf das ganze Land. Goldenen Flüssen gleich ergoss sich ihr Licht über die ganze Erde, und alle Dunkelheit verschwand. Dann holte sie tief Atem, so dass die Luft sich überall veränderte und alles im sanften Wind ihres Atems erzitterte, den sie über die Erde blies.

Dann begab sich die Sonne auf eine lange Reise. Sie durchquerte das öde und karge Land in allen Himmelsrichtungen, und überall, wo ihre goldenen Strahlen die Erde berührten, begannen die Pflanzen zu wachsen und zu blühen, bis schliesslich die ganze Erde mit Büschen, Gräsern, Bäumen und Blumen versehen war. Mutter Sonnes Strahlen drangen auch in die verborgenen Höhlen unter der Erdkruste ein, in denen Tiere jeglicher Art schlummerten. Zuerst erweckte sie die vielen Arten von Insekten zum Leben und hiess sie in den Gräsern, Büschen, Bäumen und Blumen zu leben. Danach weckte sie die Reptilien, all die

Schlangen, Echsen, Lurche und Molche, und schickte sie ans Tageslicht. Sie krochen aus ihren Höhlen hervor und bewegten sich über das Land. In den gewaltigen, gewundenen Spuren, die die Schlangen hinterliessen, formten sich mächtige Flüsse, in denen fortan eine Vielzahl der Fische und sonstige Tiere des Wassers lebten.

Und danach rief Mutter Sonne auch alle übrigen Tiere ins Leben. Sie erwachten und verliessen ihre Höhlen, um auf der Erde zu leben. Sodann schuf die Sonne die Jahreszeiten und verkündete allen Lebewesen, dass sich die Tage von Zeit zu Zeit ändern würden: Manche Tage würden feucht und manche trocken, manche heiss und manche kalt werden. So wanderte Mutter Sonne über den Himmel, bis sie einmal so weit nach Westen wanderte, dass sie unterging. Alle Lebewesen erschraken und schauten zu, wie sie versank, während der Himmel rot erglühte. Nun breitete sich wieder Dunkelheit über das ganze Land aus, und alle Lebewesen begannen sich zu fürchten und drängten sich angstvoll aneinander.

Nach einer Zeit jedoch begann der Himmel im Osten zu leuchten, und ganz langsam stieg Mutter Sonne wieder über den Horizont und am Himmel empor. Seitdem unternimmt die Sonne diese Wanderung jeden Tag und gibt ihren Kindern auf diese Weise eine Zeit, in der sie ausruhen können.»

Er hatte die Geschichte mit ruhiger und tiefer Stimme erzählt, doch als er weitersprach, klang er plötzlich sehr erzürnt; seine Stimme hatte wieder diesen grollenden, donnernden Klang so, wie wenn ein fernes Gewitter aufziehen würde. «Ich habe die Sonne für alle Lebewesen und Menschen gleichermassen erweckt. Allen spendet Mutter Sonne Leben, Wärme und Geborgenheit. Wie nur wagen es die Menschen, zu richten untereinander, statt sich gegenseitig zu helfen, sich gegenseitig zu morden, statt zu stützen, Hass zu sähen, statt Liebe zu bringen, Zwist und Streit zu schüren, statt Zuneigung zu schenken. Liebe zueinander, gegenseitige Liebe – ohne jedes Vorurteil, das ist es, was ich von den Menschen erwartet hätte – genauso, wie Mutter Sonne ihre Strahlen des Lebens über die Erde ergiesst!» Immer lauter und zorniger hallte seine Stimme in den Nachthimmel. «Und schau, was die Menschen daraus gemacht haben! Haben sie etwa irgendetwas gelernt? Hat irgendeiner all derer, die du besucht hast, die Antwort auf *die Frage aller Fragen* gewusst, Marie?» Selbst der rote Berg erzitterte unter dem Donnerhall seiner zornigen Worte.

Marie senkte ihr Köpfchen, ihre Stimme klang leise, aber hell und so klar wie das Klingen einer Glocke, als sie antwortete: «Aber Onkel Elvis, die Menschen sind doch gar nicht soo schlecht. Alle, die ich getroffen habe, waren eigentlich nett.» Sie machte ein kurze Pause, schien nach den richtigen Worten zu suchen. «Manche waren zwar ein wenig sehr von sich selbst überzeugt … aber es waren ja auch alles Männer … hihi.»

Elvis schien jedoch im Augenblick nicht der Sinn nach Scherzen, seine Stimme klang dunkel grollend. «Mhmm …hmm … alle waren sie nett, sagst du … mhmm.» Er fuhr sich mit der Hand durch seinen struppigen Bart, dann stand er auf und hob Marie samt Isabelle wie eine Feder zu sich auf seine starken Arme. «Aber die richtige Antwort hat keiner deiner Menschen gewusst, oder?» Marie schaute tapfer in seine unendlich tiefen Augen, dann senkte sie ihr Haupt und schüttelte es.

Elvis setzte sie wieder zu Boden und sprach: «Dann kann ich nichts mehr tun für die Menschen. Sie haben keine weitere Chance verdient.» Er nahm das Holzinstrument vom Boden auf, schaute auf Marie, die traurig den

Kopf hängen liess und sprach: «Keine Sorge, meine kleine Prinzessin, du wirst dein Paradies erhalten. Wie ich es dir versprochen habe.» Er führte das Holzinstrument an seine Lippen, atmete tief ein und ...

«Lass es mich bitte ein letztes mal versuchen … bitte Onkel Elvis.» Maries Augen funkelten klarer als der hellste Stern am Firmament.

Er setzte das Instrument verwundert ab, runzelte die Stirn und brummte: «Du hast alle besucht, die das Gesetz vorsieht – und keiner wusste die Antwort.»

«Welches Gesetz denn?»

«Das universale Gesetz, das Gesetz, dass schon war, bevor es die Zeiten gab, das Gesetz, das auch sein wird, nachdem die Zeiten verblasst und nichtig sein werden – das Gesetz, das ...»

Doch Marie fiel ihm ins Wort: «Aber du hast gesagt, dass du *alles* seist, du hast gesagt, dass du *alle* Dinge erschaffen hast.» Immer hastiger sprudelten die Worte über ihre vollen kleinen Lippen, «… du … du hast gesagt, dass jeder Mensch gut geboren sei … und du hast …»

«IST JA GUT!» Donnernd hallten seine Worte durch das Universum, so dass Marie zusammenzuckte und am ganzen Körper zu zittern begann. Ihre Knie wurden weich und ihr Herz pochte rasend schnell.

Elvis schnaubte, brummte etwas vor sich hin, das Holzinstrument wog auf einmal schwer in seiner Hand, sodass er es auf den Sandboden legte, sich nachdenklich am Bart kratze und in sich hineinhorchte. Marie stand wie erstarrt, ihre kleinen Lippen bebten, doch sie sagte nichts. Da schritt Elvis auf sie zu, hob sie zu sich hoch und sein Lächeln war so warm wie Mutter Sonne selbst. «Nun gut, meine kleine Prinzessin, dann wirst du also eine allerletzte Reise machen ...» Er blickte in die Ferne des sternenübersäten Himmels, auf einmal klang seine Stimme sehr merkwürdig, ganz anders als sonst, weder bedrohlich noch sanft. Fast sorgenvoll klang seine Stimme, als er sagte: «Sei so tapfer wie bisher, Marie, lass keine Furcht in dein Herz eindringen.»

«Ich habe keine Angst, Onkel Elvis.» Maries Lächeln leuchtete wie ein weiterer Stern am Firmament. «Und ich hab ja Isabelle dabei.»

Elvis setzte Marie und Isabelle auf den Sandboden, das Prasseln des Feuers war das einzige Geräusch, das zu hören war. Er setzte sich wieder an das Feuer und schaute nachdenklich in die Glut. «Geh jetzt Marie … und halt Isabelle gut fest … hörst du … halt sie gut fest!»

Ein Lichtschein erleuchtete die Umgebung, als Marie und Isabelle noch einmal durch die Zeiten reisten. Als sie weg waren, kratzte sich Elvis am Bart und murmelte: «Oh ja, du wirst dich fürchten, meine kleine Prinzessin … selbst du wirst dich fürchten.» Er nahm das Instrument wieder auf und betrachtete die magischen Zeichen, die darauf eingeschnitzt waren: «… denn du wirst mit eigenen Augen sehen, wozu Menschen fähig sind.»
Dann erklang wieder das Summen und Singen aus dem Instrument und selbst der ewige rote Berg erbebte und erzitterte erneut.

XIX

Das Gebäude kam Marie irgendwie bekannt vor. Wie wenn sie schon einmal hier gewesen wären. Und wieder schien Isabelle Maries Gedanken zu erraten. «Ja Marie, wir waren schon mal hier. Die Stadt heisst Linz. Da ist die Realschule.» Sie zeigte mit ihren Blättern auf die spielenden Kinder im Pausenhof: «Dort, siehst du den Jungen? Der, der auf den Treppenstufen sitzt. Erinnerst du dich an ihn?»

«Ja … das ist doch …»

«Genau … der junge Ludwig Wittgenstein! Derselbe, den wir dann später auf dem Wachboot trafen. Und dann nochmals in England. Doch dieser Besuch gilt nicht ihm, sondern dem Jungen, der da alleine an der Hauswand steht.» Isabelles Blätter deuteten auf den besagten Jungen.

Marie schaute zu ihm hinüber. Er war etwa zehn Jahre alt und lehnte mit verschränkten Armen und geschlossenen Augen an der Wand des Schulgebäudes.

Marie hielt Isabelle ganz fest in der Hand und näherte sich dem Jungen. Und da war es wieder. Dieses schreckliche Gefühl, dass sie schon beim ersten Besuch dieser Schule gehabt hatte. Wie ein eisiger dunkler Schatten breitete sich dieses Gefühl in Maries Herz aus. Marie jedoch wusste immer noch nicht, weshalb sie dieses Gefühl hatte, denn der Himmel war blau, die

… etwas bereitete Marie undendlich grosse Angst …

Sonne schien hell und nichts deutete auf irgendeine Gefahr hin. Sie beschloss, diese unbegründete Angst nicht in ihr Herz eindringen zu lassen und trat vor den Jungen, der immer noch mit verschränkten Armen und geschlossenen Augen an der Wand lehnte und sagte: «Hallo.»

Zunächst reagierte der Junge überhaupt nicht und machte keinen Wank. Ohne die Augen zu öffnen, sagte er nur: «Geh weg!»

Doch Marie wusste, dass sie ihm eines von Isabelles Blättern geben musste, also zupfte sie vorsichtig ein Blatt aus und tippte mit dem Finger auf den Arm des Jungen: «Ich hab ein Geschenk für dich … hier ...»

Nun öffnete der Junge die Augen – leer, traurig und ohne jede Hoffnung sein Blick, wie wenn er enttäuscht über sich und die Welt wäre, so schauten diese Augen.

Sekundenlang starrte der Junge sie an. Dann sah er auf Maries Hand mit Isabelles Blatt, doch er griff nicht nach dem Blatt sondern sagte: «Gib mir die Blume! Das ist eine schöne Blume … ich werde sie als Motiv verwenden.»

Maries Hand umklammerte Isabelle noch ein wenig fester. Auf einmal schlich sich wieder eine leise Angst in ihr Herz, sie stolperte einen Schritt zurück. «Nein! Die Blume kann ich dir nicht geben. Ein Blatt bloss … ein Blatt kann ich dir geben.»

Der Knabe trat einen Schritt vor, seine Stimme klang nun drohend und seine Augen starrten Marie kalt an. «Ein Blatt? Was soll ich mit einem Blatt? Ich will Maler werden. Ein Künstler will ich werden, der grösste Künstler, den die Welt je gesehen hat – und ich brauch ein ganzes Motiv und nicht nur ein Blatt!», zischte er, als er einen weiteren Schritt auf Marie zutrat. «Gib mir die Blume du kleine … du ...» Er wollte Marie packen und ihr Isabelle entreissen, doch dort, wo gerade noch Marie gestanden hatte, schwebte nur noch das Blatt langsam zu Boden.

Marie war im unendlichen Strom der Zeiten verschwunden!

Der Knabe schaute sich um. Keiner seiner Klassenkameraden auf dem Schulhof schien den Vorfall bemerkt zu haben. Er ging in die Knie, schaute das Blatt eine Weile an, nahm es auf und – erstarrte wie alle anderen vor ihm, als Isabelles Zauberblatt ihre Wirkung entfaltete. Nach einer Weile öffnete er seine Augen – und jetzt waren diese Augen nicht mehr leer, und auch keine Traurigkeit war mehr in diesen Augen. Nein, ein finsterer Glanz begann von innen seine Augen zu füllen, so finster wie die Dunkelheit selbst wurde sein Blick.

Auf der gegenüberliegenden Seite des Schulhofes fühlte der junge Ludwig ein Frösteln seinen Nacken hochkriechen. Er vermochte nicht zu sagen, weshalb dem so war, doch er fühlte, dass in diesem Augenblick etwas geschehen war. Ja, er fühlte es ganz genau …

Etwas Böses wurde geboren! In diesem Augenblick, auf diesem Schulhof. Er konnte es ganz genau fühlen, der junge Ludwig Wittgenstein. Jetzt! Genau in diesem Moment, an derselben Schule, in die auch er ging, begann der Schatten des Bösen sich auszubreiten – über die ganze Welt!

XX

Es war ganz dunkel.

Kein Laut war zu hören und Marie dachte zuerst, dass die Reisen nun endgültig vorbei seien und sie nun ganz tot sei. Sie war überzeugt, dass es fortan nur noch Dunkelheit und Stille für sie gäbe, doch sie hatte keine Angst. «Aber warum kann ich denn noch denken, wenn ich tot bin?» Da spürte sie etwas in ihrer Hand. Eine Bewegung, ein sanftes streicheln, dasselbe Streicheln, dass sie längst kannte – Isabelle! Isabelle war immer noch bei ihr. «Warum nur ist Isabelle noch bei mir, wenn die Reisen nun sowieso vorbei sind?», überlegte Marie. Plötzlich roch sie etwas.

Einen Geruch, den sie sehr gut kannte. Nein, kein Geruch, ein Gestank war es. Genau wie an dem Ort, wo sie einst gelebt hatte. Ein süsslicher Gestank, der einem den Atem raubte und man glaubte, sich jeden Augenblick übergeben zu müssen. Oh ja, Marie kannte diesen Geruch nur allzu gut. Ihre Augen hatten sich etwas an die Finsternis gewöhnt und sie begann, sich Schritt für Schritt in der Dunkelheit vortastend, zu gehen. Jetzt konnte sie es sehen – am Horizont kündigte sich ein neuer Tag an. Die Reisen waren also noch nicht vorbei. «Wen werde ich wohl diesmal treffen?», dachte sie. Langsam wurde es immer heller und die Morgenröte tauchte die Umgebung in ein fahles, rötlichgraues Licht. Plötzlich stolperte Marie über etwas und fiel zu Boden. Als sie den Kopf aus dem lehmig-feuchten Boden hob und sich aufrappeln wollte – blickte sie direkt in sein Gesicht!

Es war ein Mann. Ein ganz junger Mann. Er trug eine schmutzige graue Uniform, sein Gewehr lag seitlich neben ihm auf dem feuchtnassen matschigen Boden. Der junge

Mann hatte ein schmales Gesicht, eine schlanke gerade Nase und wunderschöne blaue Augen. Seine Augen waren weit aufgerissen, als ob er, erstarrt vor Schreck, den rötlichen Himmel anschaue.

Und mitten in seiner Stirn – klaffte ein Loch!

Und aus dem Loch tröpfelte Blut. Ein kleines Rinnsal roten Blutes lief über seine bleichen toten Wangen und fiel in die schon halb vertrocknete Blutlache, die den Lehmboden dunkelrot färbte.

Marie wusste nicht, wie lange sie das tote junge Gesicht angestarrt hatte, doch es musste eine ganze Weile gewesen sein, denn die Sonne war nun schon ein klein wenig am Horizont zu sehen und tauchte die Umgebung in ein rötlichgoldenes Licht.

Marie erwachte aus ihrer Erstarrung, stiess einen Schreckensschrei aus und rappelte sich vom glitschigen Lehmboden auf.

Und dann sah sie die anderen Körper!

Einen, zwei, drei, zehn, zwanzig, dreissig, nein, hunderte toter Körper. Wohin Marie auch schaute, überall lagen tote Soldaten. Ein Meer aus toten und verstümmelten Körpern; zerborstene, zerrissene und zerfetzte Körper überall. Manchen fehlten die Arme, anderen die Beine, wieder andere hatten riesige klaffende Wunden in ihren Körpern, und mittendrin stand Marie, mitten in diesem Meer aus toten jungen Männern.

Sie hatte Angst, Panik schnürte ihre Kehle zu und sie wollte nur eines: weglaufen. So schnell wie möglich und so weit wie möglich – einfach nur weglaufen. Doch ihre

Beine bewegten sich keinen Millimeter. Die Sonne stieg immer höher am Horizont und beleuchtete nun auch den beissenden Qualm, der zäh in der Luft hing. Wie zur Salzsäule erstarrt vor Grauen, stand Marie inmitten dieses Ozeans aus Hass, Leid und Tod – und sie konnte nur noch weinen.

Eine Ewigkeit schien vergangen, da spürte sie Isabelles Blätter über ihre Hand streichen: «Hab keine Angst, Marie.» Und wieder strichen die Blätter beruhigend über Maries zitternde Hände. Maries Stimme war nur ein Hauch, als sie fragte: «Was ist hier geschehen, Isabelle? Warum ...» Ihre Stimme versagte und sie musste erneut schluchzen.

«Krieg, Marie! Die Menschen nennen so etwas Krieg.»

«Krieg?»

«Ja.»

«Was ist Krieg?»

«Die Menschen töten sich gegenseitig … wie du siehst.»

«Aber warum denn?»

Isabelle klang einen Augenblick merkwürdig anders, als sie antwortete: «Wenn ich das bloss wüsste, Marie … wenn ich das bloss wüsste …»

«Vielleicht hatten sie nicht genug zu essen und machten deshalb … Krieg.»

«Nein, das ist nicht der Grund.»

«Aber vielleicht waren …»

«Schluss jetzt!» Eine Härte lag in Isabelles Stimme, die Marie so noch nie von ihr vernommen hatte.

Eine geraume Weile schwiegen sie, dann fühlte Marie Isabelles Blätter erneut sanft über ihre Hand streicheln. Die Blume klang wieder freundlich, als sie sagte: «Lass uns jetzt gehen, immer geradeaus.»

Sie gingen immer weiter. Der matschige Boden war übersät von Toten. Beissender Rauch hing in der Luft und vermischte sich mit dem süsslichen Geruch von Blut. Marie stolperte fassungslos durch die Landschaft, immer in die Richtung, in die sie Isabelle dirigierte. Der rötlichgoldene Schein am Horizont begann einem grauen Schleier zu weichen, und der Tag kündigte sich am Horizont vollends an. Vor ihnen tauchte eine lange Mauer aus Säcken auf. Erst beim Näherkommen bemerkte Marie die Helme, die hinter den Sandsäcken dann und wann auftauchten. Und erst jetzt erkannte Marie, dass unter den hervorlugenden Helmen Menschen waren – Soldaten! Die Soldaten schienen auf etwas zu warten, denn alle starrten immer wieder genau in die Richtung, aus der Marie und Isabelle auf den langen Graben mit den Sandsäcken davor zuschritten. Doch die Soldaten schienen sie gar nicht zu sehen, denn keiner reagierte auf das kleine Mädchen, dass in einem blauen Kleidchen, eine leuchtend gelbe Blume in der Hand haltend, auf den Schützengraben zuschritt.

Marie war jetzt vor dem Schützengraben angelangt und Isabelle sagte: «Steig da hinab. In den Graben.»

Marie tat wie ihr geheissen. Nun sah sie, dass unzählige Soldaten sich im Graben auf irgendetwas vorzubereiten schienen. Manche der Soldaten schrien einander Befehle zu. Andere nahmen ihre Gewehre zur Hand und warteten auf weitere Anweisungen. Marie ging – unsichtbar für alle – an den Reihen der Soldaten im Schützengraben vorbei. Am Ende des Grabens sass ein einzelner Soldat auf einer Holzkiste, und er schien sich um nichts anderes zu kümmern als – um einen kleinen Hund! Einen kleinen weissen Hund mit lustig geknickten Ohren.

Marie musste trotz all des Grauens, das sie soeben gesehen hatte, lächeln, denn der Hund stellte sich vor dem Soldaten auf die Hinterpfoten und bellte diesen fröhlich an. Der Soldat streichelte das Tier und sagte: «Brav Foxl, das hast du gut gemacht, mein Junge.» Dann gab er dem kleinen Hund als Belohnung für dessen Kunststück ein kleines Stück Brot. Erst jetzt, als Marie schon vor dem Soldaten stand, erkannte sie diesen wieder. Er sah ganz anders aus als zuvor auf dem Schulhof. Doch die Augen, die Augen waren noch genau dieselben. Kalt, dunkel und böse blickten diese Augen. Jetzt schaute er auf, sah Marie an und stand langsam auf. «Du schon wieder?» Auch seine Stimme hatte denselben bedrohlich zischenden Klang, den Marie schon kannte. Er schien gar nicht überrascht zu sein, nahm sein Gewehr in die Hand und fragte: «Wer bist du? Was willst du von mir?»

Marie sah in seine Augen und wieder überfiel sie eine panische Angst. Sie wollte einen Schritt zurückweichen, doch der Graben war sehr eng, und schon nach zwei Schritten stiess sie mit dem Rücken an die Wand.

«Ich heisse Marie», stammelte sie mit zittriger Stimme. Er überlegte. Seit dem Tag in der Schule, an dem Tag, an dem ihm dieses Mädchen, das jetzt wieder vor ihm stand, ein Blatt der Blume gegeben hatte – besser gesagt, dieses hatte fallen lassen – fühlte er ein Ziel in sich. Einen Kampf, den er führen würde. Er ahnte, dass die Blume der Schlüssel war. «Ich muss diese Blume haben!», dachte er.

Er packte sein Gewehr noch fester und zischte: «Gib mir die Blume!», und seine Hand schoss blitzschnell vor, packte Marie am Kleidchen. Er liess seine Waffe fallen, um ihr mit der anderen Hand Isabelle zu entreissen. Doch Marie schrie und wand sich – und dann biss sie zu! Ihre kleinen Zähne bohrten sich in seine Hand. Er liess sie los und hielt heulend seine schmerzende Hand. Und als er sie öffnete, um nach der Wunde zu sehen, sah er, dass er eines von Isabelles Blätter erwischt hatte. Doch er sah auch, dass

Maries Zähne tiefe Abdrücke in seinem Fleisch hinterlassen hatten – und diese schmerzten höllisch!

Der Soldat fluchte ganz fürchterlich, packte sein Gewehr, versuchte, es zu entsichern und gleichzeitig Marie zu erreichen, die sich aufgerappelt hatte und mit fliegenden Schrittchen vor ihm wegrannte. Er wollte ihr folgen, doch vor lauter Hast stolperte er über eine der umliegenden Munitionskisten und schlug der Länge nach hin.

Und just in diesem Augenblick heulte es fürchterlich, und Sekundenbruchteile später krachte es ohrenbetäubend und eine Granate schlug genau an der Stelle ein, an der der Soldat gerade noch gestanden hatte.

Marie war vor Schreck stehengeblieben. Der Soldat ächzte und rappelte sich auf. Dann schaute er auf die Einschlagstelle. Die Explosion hätte ihn getötet, wäre er nicht … hätte er nicht versucht, dieses Mädchen zu fassen.

Er starrte Marie fassungslos an. Diese stand, mit zitternden Beinen, ein Stück entfernt, einfach da. Und plötzlich war die Hölle los: Unzählige Explosionen folgten in kurzen Abständen, eine nach der anderen heulten die Granaten heran, explodierten und verwandelten alles in ein Fegefeuer aus Donner und Blitz. Und fast gleichzeitig sprangen nun alle Soldaten aus dem Graben und liefen schiessend und schreiend in das Gefecht. Schon nach ein paar Sekunden war der Graben leer.

Nur Marie und er standen noch da. Die Schreie und der Kampflärm verloren sich in der Ferne. Endlich öffnete der Soldat seine bebenden Lippen und wisperte stammelnd. «Das ist die Vorsehung. Du … du hast mir das Leben gerettet.»

Maries Lippen bebten vor Furcht, Isabelle bewegte sich in ihrer Hand, da wollte Marie dem Soldaten *die Frage aller Fragen* stellen, doch dazu kam sie nicht, denn die Umgebung wurde ganz hell und sie tauchte ein in ein endloses Meer aus Farben und Licht …

Es war zunächst ganz still.

Marie öffnete die Augen. Sie stand in einem langen Korridor. Fahles Licht erleuchtete den Korridor schwach. Die Wände waren aus grauem Beton. Marie hielt Isabelle fest in ihren Händen und flüsterte: «Wo sind wir hier, Isabelle?» Die Blume bewegte sich sanft und sprach: «Bei deinem allerletzten Besuch, Marie.»

Nun spürte Marie ein leichtes Zittern, die Wände vibrierten, dann war ein fernes dumpfes Grollen zu hören.

Diesmal ahnte Marie schon, dass es kein Gewitter war und Isabelle schien ihre Gedanken wie schon oft zuvor lesen zu können, denn sie sagte: «Nein, kein Gewitter Marie, Geschützfeuer.» Sie zögerte: «Wir sind kurz vor Ende des zweiten grossen Krieges. Dies ist SEINE letzte Festung, sein Bunker. ER wartet am Ende des Korridors auf dich. Gehen wir.» Und auf einmal klang Isabelles sonst so sanfte Stimme bedrohlich und unheilvoll.

Marie tapste auf die Tür am Ende des Korridors zu. «Können wir nicht zurückgehen, Isabelle. Ich … ich habe Angst.»

Die Blätter der Blume schwangen sanft, strichen über Maries Hände, doch ihre Stimme duldete keinen Widerspruch: «Nein Marie, du musst da reingehen. Es muss so sein!»

Maries nackte kleine Füsse gingen Schritt für Schritt über den kalten Betonboden auf die Tür zu. Die zwei Wachen vor der grossen Stahltüre standen reglos da. Sie konnten Marie und Isabelle weder hören noch sehen. Marie öffnete die schwere Stahltür ohne Mühe und trat in den Raum ein. Der Raum war gross, die Wände aus Beton grau und karg.

An manchen Stellen waren lange Risse in den Wänden. Draussen oder weit oben krachte es dumpf. Marie konnte nicht genau sagen, woher das Donnern kam – und nun vibrierte der ganze Bunker so stark, dass jedes Mal Verputz und Staub von der Decke rieselte. Hinten im Raum standen ein Schreibtisch und dahinter ein grosser Ledersessel.

Er war hier!

Der Mann stand in leicht gekrümmter Haltung da und starrte abwesend auf eine grosse Weltkarte, die an der Wand hing. Er sah ganz anders aus. Er war nicht mehr der Junge, den sie an der Schule getroffen hatte und er war auch nicht mehr der junge Soldat, den sie im Schützengraben getroffen hatte – nein. Er trug zwar eine Uniform, eine Kappe auf dem Kopf und sein Schnurrbart war viel kleiner als letztes Mal. Und – alt sah er aus. Seine Haut war faltig und fahl, die Augenlieder dunkel umrandet und hingen schlaff im Gesicht, seine ganze Haltung war gekrümmt. Er stand mit geschlossenen Augen vor der Weltkarte.

Marie trat einen Schritt vor, sie wollte mutig sein und sagte: «Hallo.»

Er drehte sich langsam um, verharrte dann in seiner Bewegung, neigte seinen Kopf leicht schief, die Augen immer noch geschlossen, so, als wolle er sich vergewissern, dass er auch richtig gehört habe, und dann – öffnete er sie.

Maries Schrei hallte dumpf durch den Raum – diese Augen! Es waren dieselben, die sie schon bei ihm gesehen hatte, als er ein Junge war. Es waren dieselben bösen, schwarzen Augen die sie gesehen hatte, als sie ihn das zweite Mal im ersten grossen Krieg getroffen hatte. Jetzt, da er sie vollends geöffnet hatte und Marie anstarrte, erkannte sie, dass es doch nicht dieselben Augen waren. Nein, der

Blick war im Verlauf der Jahre noch viel schwärzer und böser geworden – die Finsternis selbst schien aus diesen Augen zu quellen!

Maries Herz pochte bis zum Hals. Obschon sie wusste, dass der Mann ihr nichts anhaben konnte, denn sie hielt Isabelle fest in ihren Händen, spürte Marie dennoch die Angst unaufhaltsam in ihr Herz kriechen. Er ging langsam auf sie zu und sagte mit eisiger Stimme: «Gib mir die Blume!»

Marie stolperte, wich langsam – Schritt für Schritt – zurück, hielt Isabelle mit beiden Händen hinter dem Rücken krampfhaft fest.

Marie wollte nur noch weg von diesem grauenhaften Ort und von dem bösen Mann.

«Vielleicht muss ich ihm nur die Frage stellen und Onkel Elvis holt mich wieder zu sich», überlegte sie.

Doch da hörte sie Isabelles Stimme hinter ihrem Rücken: «Frag ihn nach seinem Namen.»

Maries Stimme zitterte: «Wie heisst du?»

Er blieb verdutzt stehen. Jeder kannte ihn, ein jeder Mensch auf der ganzen Welt kannte ihn! Er war baff. Diese Frage hatte er schon so lange nicht mehr gehört, dass er, ohne es eigentlich zu wollen, zischend antwortete: «Ich bin der Führer!»

Und Marie war selbst einen Augenblick so verwundert, dass sie stehenblieb, gar einen kurzen Moment ihre Angst vergass und sagte: «Das ist doch kein Name.»

Beide starrten sich an – keiner bewegte sich, bis ein weiteres Krachen den Bunker erzittern liess. Diesmal viel stärker als vorhin. Das Beben der Bunkerwände liess den Führer aus seiner Starre erwachen, er machte einen weiteren Schritt auf Marie zu und schrie: «Gib mir die Blume!»

Marie wollte zurückweichen, doch die kalte Bunkerwand hinter ihr hinderte sie daran. Er kam Schritt für Schritt näher.

Seine Augen wurden immer grösser … und grösser und grösser ....

Riesengross wurden die Augen des Führers, und rot und schwarz zugleich. Zwei dunklen, düsteren Höhlen gleich, starrten die bösen Augen Marie an. Und dann … dann schienen diese nachtschwarzen Augen auf einmal den ganzen Raum einzunehmen, er bestand nur noch aus diesen zwei finsteren Augen.

Eine eisige Kälte erfasste Maries Herz, einem nachtschwarzen Frost gleich. Und dann stürzte Marie. Sie fiel und fiel immer weiter. Wie durch einen unsichtbaren finsteren Sog wurde sie in diese schwarzen Augen gezogen – in einen endlos langen blutrotschwarzen Tunnel stürzte Marie.

XXI

Sie reiste. Doch diesmal war die Reise anders als sonst, denn sie schien auf einmal zu schweben, dann auch wieder zu gehen und zu fliegen zugleich. Doch sie fühlte sich nicht leicht und glücklich wie auf den vorherigen Reisen. Nein, eine dunkle Macht schien sie zu schieben und zu zerren, zu verschlingen in den schwärzesten Abgrund, den je ein Mensch erblickt hatte. Immer weiter stürzte Marie in den endlosen Abgrund. Und dann sah sie es, und es war mehr als ein Sehen – ein Fühlen und Spüren, ein Riechen und Hören. Blitzschnell und zugleich ganz langsam zogen die Jahre und der Aufstieg des Führers an Marie vorbei und sie sah, was dieser Mann, der sich Führer nannte, angerichtet hatte.

Sie sah den Führer sprechen, vor ganz vielen Menschen, alle schrien und jubelten sie ihm zu. Er stand auf einem Podium und sprach, und er schrie wie von Sinnen zu den Menschen. Marie konnte nicht genau verstehen, was er vom Podium herab in die Massen schrie, doch er gestikulierte wild mit seinen Armen und die Massen von Menschen zurück. Und alle hoben sie den rechten Arm, streckten ihn aus und brüllten: «Heil Hitler.» Und dann begann er:

DER KRIEG!

Entsetzt riss Marie die Augen auf. Was sie sah, hörte und fühlte war jenseits dessen, was ihr Verstand aufnehmen konnte. Unbeschreibliche Dinge sah sie: Kanonen, Panzer, Feuerblitze und Flugzeuge. Und die Flugzeuge, sie warfen Dinge ab, die aussahen wie kleine schwarze Eier. Und die kleinen schwarzen Eier sausten mit lautem Geheul durch die Luft und zu Boden. Auf Städte und auf Menschen. Und dann, am Boden ange-

kommen, explodierten sie mit einem Blitz, gefolgt von einem ohrenbetäubenden Krachen, liessen die Menschen zerbersten wie reife Früchte, die man fallen lässt.
Marie wollte ihre Augen schliessen, sie wollte es so sehr, doch sie konnte es nicht. Sie konnte ihre Augen nicht schliessen. Und so flog sie mit weit aufgerissenen Augen durch dieses Meer aus Hass und Blut, aus Blitz und Donner, in ein Inferno explodierender Granaten und berstender Körper. Sie hörte die Schreie und das Wimmern der Menschen, die getroffen und zerrissen wurden. Männer, Frauen und auch Kinder, die sich wanden, weggespült wurden und ertranken in einem Ozean aus Leid und Schmerz.

Und Marie begann zu verstehen, was KRIEG bedeutete.

Marie rief verzweifelt nach dem Ewigen: «Bitte, mach dass es aufhört, Onkel Elvis.»

Doch da war kein Zeichen von ihm. Sie war ganz allein mit Isabelle – in der Hölle. Ihr Körper bebte und zitterte und erneut flehte sie: «Mach bitte, dass es aufhört!» Und dann, plötzlich, war es auf einmal ganz still.

Kein Mucks mehr. Alles war ruhig.

Immer noch zitternd, sah sich Marie um. Die Vögel zwitscherten und ein warmer Wind wehte ihr ins Gesicht. Der Himmel war dunkelblau und Mutter Sonne schickte ihre wärmenden Strahlen auf die Erde. Alles war friedlich jetzt.

«Wo sind wir, Isabelle?» Isabelle jedoch sagte nichts. Da streichelte Marie, immer noch mit zitternden Händen, Isabelles Blätter und spürte, dass auch Isabelle vor Angst und Schrecken zitterte. Marie versuchte sie zu beruhigen und sagte: «Hab keine Angst, Isabelle, ich glaube, der Krieg ist nun vorbei.»

Da antwortete Isabelle: «Nein, Marie, der Krieg ist nicht vorbei. Siehst zu den Mann dort?»

Marie sah den Mann. Er war ganz allein und stand bei einem Flugzeug. Der Mann schaute sich das Flugzeug von allen Seiten an, schritt ein paar Mal darum herum und schien die Maschine zu kontrollieren. Der Mann trug eine Uniform und einen kleinen, lustig aussehenden Helm aus Leder. Er schien mit dem Kontrollieren seines Flugzeuges fertig zu sein, denn er lächelte zufrieden in die strahlende Sonne.

Jetzt erst sah er Marie und winkte ihr lächelnd zu. Marie

«Der Krieg ist wie eine Krankheit, meine kleine Prinzessin. Er vergiftet unsere Herzen.»

ging zu dem Mann und als sie vor ihm stand, ging er in die Hocke, streichelte über Maries Haar und sagte mit etwas trauriger Stimme: «Ich wusste, dass es auch dich geben wird, meine kleine Prinzessin.»

Marie war erstaunt. Dieser Mann war anders als alle, die sie getroffen hatte.

Sie wollte ihm eine von Isabelles Blättern geben, und sie wollte auch ihm *die Frage aller Fragen* stellen, doch bevor sie irgendetwas machen oder sagen konnte, schien er ihre Gedanken schon erraten zu haben, denn er lächelte sie wieder an, diesmal mit traurigem Blick. Dann schüttelte er den Kopf, streichelte nochmals sanft über Maries Wangen und sagte: «Ich kenne die Antwort, doch mein Herz ist schwer und ich muss in den Krieg ziehen.» Kaum hörbar sprach er weiter: «Der Krieg ist wie eine Krankheit, meine kleine Prinzessin. Er vergiftet unsere Herzen.»

Wieder ging er vor Marie in die Hocke, streichelte über ihre Wangen und sagte: «Es genügt mir zu wissen, dass es dich gibt.» Dann stand er auf, zurrte seinen Lederhelm fest und schickte sich an, ins Flugzeug zu steigen. Da fragte Marie leise: «Wie heisst du?»

Er dreht sich noch einmal um, schaute lächelnd zu Marie hinunter und antwortete: «Antoine.»

Dann stieg er ins Flugzeug, startete die Motoren und schloss die Pilotenkanzel. Er winkte Marie ein letztes Mal zu, und selbst durch den donnernden Lärm der Propeller konnte sie seine Worte verstehen: «Pass auf dich auf, meine kleine Prinzessin.»

Das Flugzeug rollte an Marie vorbei auf die Piste und schoss über den Beton und dann steil in den dunkelblauen Himmel. Und da, einen klitzekleinen Augenblick lang nur, sah Marie – ihn.

Just in dem Moment, als Antoines Flugzeug direkt in die Sonne zu fliegen schien. Ja, tatsächlich!

Auf dem Flügel von Antoines Flugzeug sass er: Ein Knabe mit einem roten Schal um den Hals. Sein blondes Haar leuchtete wie pures Gold in der glitzernden Sonne. Der Knabe winkte Marie lächelnd zu. Marie winkte zurück und schaute den beiden lange nach, bis das Flugzeug mit Antoine und dem kleinen Prinzen nur noch ein winzig kleiner funkelnder Punkt am unendlichen Himmel war und, einen Moment nur, sah Antoines Flugzeug aus, wie wenn ein neuer Stern am Himmel geboren sei.

Dann war es verschwunden und als Marie ihren Blick wieder senkte, war es Nacht!

Sein blondes Haar leuchtete wie pures Gold in der glitzernden Sonne.

XXII

Es war stockdunkel.

Marie sah die eigene Hand nicht vor Augen. Sie war verwirrt, denn sie fühlte sich ganz anders als auf den Reisen zuvor. Wieder war alles so schwer. Wie wenn etwas auf ihr lasten würde. Selbst Isabelle in ihrer Hand schien dies zu spüren und ihre Blätter schmiegten sich ganz eng in Maries Hand. Marie schaute sich um. Langsam gewöhnten sich ihre Augen an die Dunkelheit und dennoch konnte sie fast nichts erkennen. Also begann sie geradeaus zu gehen – und stolperte.

Als sie an ihren Beinen hinuntersah, bemerkte sie, dass sie mitten auf einer Bahnlinie stand und über die Schwellen gestolpert war. Dann sah sie einen silbernen Schein am Horizont und ein merkwürdiges Gebäude vor sich. Das Gebäude war sehr lang, in dessen Mitte thronte ein Turm und das Merkwürdige war, dass der Turm einen Durchgang in Form eines riesigen Bogens hatte. Der Bogen sah aus wie ein grosser Eingang. Und als Marie genau hinschaute, bemerkte sie, dass die Bahnschienen direkt in das Gebäude und durch den grossen Bogendurchgang führten. Marie hatte noch nie so ein seltsames Haus gesehen, in das ein Zug fahren konnte.

Dann hörte sie ein leises Pfeifen.

Dann wieder Stille. Dann wieder dieses Pfeifen. Ja, es war tatsächlich das ferne Pfeifen eines Zuges. Und es kam sehr schnell näher, denn nun war auch schon das Schnaufen der Lok zu hören. Marie drehte sich um schaute in die Nacht, und da sah sie das Licht der Lokomotive. Zunächst ganz klein, ein Punkt nur. Doch mit jeder Sekunde wurde das

Licht der Lok grösser, das Pfeifen stärker und das Geräusch war jetzt ganz laut und klang wie das Schnauben von unzähligen Nilpferden und Büffeln zugleich.

Marie sprang von den Schienen und die Dampflok stampfte zischend an ihr vorbei, in Richtung des grossen Torbogens des langen Gebäudes. Der Zug wurde immer langsamer, während er an Marie und Isabelle vorbeifuhr. Unendlich viele Waggons zog die Lok hinter sich her. Die Wagons hatten keine Fenster. Und nun, da der Zug immer langsamer wurde, sah Marie, dass die Waggons zwar keine Fenster hatten, jedoch Schlitze. Diese Schlitze waren sehr schmal – kaum eine Handbreit hoch – und jeder Waggon, der an Marie vorbeizog, hatte diese Schlitze.

Und als Marie noch genauer hinsah, erschrak sie erneut, denn aus den Schlitzen reckten sich Arme und Hände in die Nacht und in den Fahrtwind des Zuges. Waggon um Waggon donnerten an Marie vorbei, und aus allen Waggons schauten die Arme und Hände … menschliche Arme und Hände! In den Nachthimmel gestreckt waren sie, ganz so, als wollten sie sich an den Sternen des Nachthimmels festhalten, um dem kommenden Unheil zu entgehen. Doch die Sterne boten keinen Halt. Die Lokomotive zog die Waggons unerbittlich durch das dunkle Tor und in das lange Gebäude, und das Tor des Gebäudes sah nun aus wie der Schlund eines Ungeheuers, das den ganzen Zug mit all den Menschen in sich verschlang.

Marie fühlte den Zwang, weiterzugehen. Unsichtbare Hände schienen an ihr zu zerren. Sie wollte weglaufen … sie wollte nicht an diesen Ort des Bösen gehen, denn sie ahnte und spürte den Schatten der Finsternis. Doch sie konnte nicht weglaufen.

«Diese Reise ist anders als alle Reisen zuvor», dachte Marie,

und die Angst krallte sich immer stärker und kälter um ihr Herz. Und dennoch musste sie gehen; Schritt für Schritt. Die unsichtbare Hand – der Kralle eines Ungeheuers gleich, schob sie vorwärts.

Sie ging durch das Tor, wo der Zug schon durchgefahren war. Die Helligkeit blendete sie einen Augenblick und sie musste die Augen schliessen, denn der riesige Innenhof mit dem Bahndamm war taghell erleuchtet.

Scheinwerfer tauchten die Umgebung in ein grelles und zugleich fahles Licht. So, wie wenn der Mond – tausendfach verstärkt – sein bleiches totes Licht zur Erde senden würde. Ja, wie wenn der Mond ein riesiger Scheinwerfer wäre, um in dieser Nacht nur diese eine Stelle auf Erden zu beleuchten. Diese Stelle, an der Marie nun stand, der Ort, an dem der Zug mit den Waggons voller Menschenhände, die sich aus den Fensterschlitzen reckten, angehalten hatte. An diesem hell erleuchteten Ort, wo ganz viele Soldaten mit Waffen und bellenden Hunden auf die Menschen aus dem Zug warteten.

Dieser Ort, der zur Hölle auf Erden geworden war!

«Wo sind wir, Isabelle?», wisperte Marie ängstlich.

«Im Schlund des Bösen, Marie. Dieser Ort heisst Auschwitz», antwortete Isabelle mit einem Zittern in der Stimme.

Nun wurden die Waggontüren von den Soldaten aufgestossen – Menschen stolperten über Holzrampen heraus. Hunderte oder gar Tausende quollen aus dem Zug; Frauen, Männer und Kinder. Sie wurden zusammengetrieben. Kommandos wurden geschrien. Die, die nicht schnell genug waren oder zu Boden fielen, wurden von den Soldaten mit Stöcken geschlagen. Viele weinten, schluchzende Kinder suchten Schutz bei ihren Eltern, junge Mütter hielten ihre Babys fest an sich gepresst. Die Soldaten schrien diese an, zerrten die Kinder in eine Reihe, in die sie sich aufzustellen hatten. Die Erwachsenen wurden in einer anderen Reihe aufgestellt. Ein Soldat, er hatte einen langen schwarzen Ledermantel an und ein kleines Stöckchen in seiner

Hand, schritt die Reihen der Erwachsenen ab. Mit dem Stöckchen zeigte er an, wer sich in die Reihe der Kinder zu stellen hatte: alte Menschen, schwache Menschen, schwangere Mütter – auf diese zeigte er mit dem Stöckchen, und sie wurden von den anderen Soldaten in die Reihe der Kinder gezerrt.

Dann stieg Marie ein Geruch in die Nase, den sie noch nie gerochen hatte. Sie wollte Isabelle fragen, doch –

Auf einmal war es Tag!

Sie schaute sich um. Die Soldaten waren verschwunden und der Zug auch. Aber sie war immer noch an demselben Ort, denn sie sah den grossen Turm mit dem Tor, durch das die Eisenbahnlinie führte.

Sie wollte Isabelle etwas fragen, doch diese kam ihr zuvor und sagte: «Dort! Siehst du die Baracken?»

Marie schaute in die Richtung, in die Isabelles Blätter deuteten. Ja, da standen die Baracken – endlos viele Baracken.

Und wieder schien Marie zu schweben ohne zu gehen, direkt in die Baracken hinein. Im Inneren waren die Menschen, die sie zuvor auf dem Bahndamm gesehen hatte. Zusammengepfercht wie Tiere. Die meisten waren in Lumpen gekleidet. Ihre Augen starrten mit einem ängstlichen Blick vor dem, was mit ihnen geschah. Der Gestank in der Baracke war unerträglich. Marie wollte mit den Menschen sprechen, sie trösten. Aber die Menschen konnten Marie weder hören noch sehen. Die Tür der Baracke wurde aufgerissen. Soldaten schrien die Menschen an. Der Soldat mit dem langen schwarzen Mantel stellte sich in der Mitte der Baracke auf und brüllte: «Ausziehen! Alle ziehen sich aus! Ihr werdet jetzt geduscht.»

Die Menschen taten, wie der Soldat befohlen hatte und stellten sich dann in einer Reihe auf. «Vielleicht sind die Soldaten gar nicht so böse», dachte Marie. «Diese Menschen dürfen sich jetzt waschen und erhalten danach sicher zu essen und dürfen dann schlafen und sich ausruhen.»

Marie wollte Isabelle danach fragen, doch Isabelle gab keine Antwort. Sie hatte ihre Blätter ganz eng zusammengezogen und schien in Maries Hand zu schlafen.

Nun setzte sich die Kolonne der nackten Menschen in Bewegung und schritt aus der Baracke. Marie ging hinterher.

Es war in der Zwischenzeit schon wieder Nacht geworden, aber heute schien kein Stern am schwarzen Himmel. Aus allen Baracken schritten Kolonnen nackter Menschen. Die Soldaten dirigierten diese auf ein fast schwarzes Gebäude zu. Auf dem Dach des Gebäudes waren viele Schornsteine, aus denen dunkler Rauch quoll.

Marie ging mitten in der Kolonne der nackten Menschen und da roch sie es wieder! Diesen merkwürdigen, unbekannten Geruch, den sie nicht zuordnen konnte.

Die Kolonne wurde von den Soldaten vorwärts getrieben, mittendrin Marie, umgeben und mitgeschoben von den nackten Leibern. Sie schritten durch ein grosses Tor, das wie ein riesiger schwarzer Schlund, weit offen stehend, die Menschen und Marie aufnahm – hinein in einen grossen kahlen Raum, dessen Betonwände kalt, grau und schmutzig waren.

Die Soldaten teilten die Menschen in kleine Gruppen ein. Marie stand in einer der Gruppen. Ein Soldat schrie: «Alle zum Duschen! Dort durch die Tür.»

Marie wurde mit der Gruppe durch eine schmale Tür gedrängt. Alle standen dicht beisammen. Ein fahles, schwaches Licht erhellte den Raum. Doch in dem Raum waren

gar keine Duschen, wie Marie und die Menschen verwundert feststellten. Doch schon wurde die schwere Stahltür von Soldaten von aussen zugeschlossen.

Alle drängten sich ängstlich aneinander. Die Kinder weinten und suchten an den Körpern ihrer Eltern Schutz.

Dann hörten sie ein leises Zischen. Das Zischen wurde lauter. Marie schaute zur Decke. Das Zischen kam aus der Decke … Und dann war da wieder dieser Geruch, diesmal viel stärker. Und nun quoll Gas durch die Decke in den überfüllten Raum.

Die Menschen begannen zu husten, ihre Augen tränten, die Männer versuchten, die Stahltür aufzustemmen. Sie hämmerten mit den Fäusten wie besessen gegen die schwere Tür. Doch diese blieb verschlossen! Die Menschen schrien, husteten, weinten, bekamen keine Luft mehr. Das ausströmende Gas entfaltete seine Wirkung, und schon nach ein paar Sekunden versagten ihre Stimmen, und sie begannen nach Luft zu ringen. Das giftige Gas raubte den Menschen den Atem, alle schnappten nach Luft, die Gesichter wurden blau, die Augen schienen aus den Köpfen der Menschen springen zu wollen – so stark husteten sie. Sie japsten nach Luft, erbrachen sich, und die kleinen Kinder hatten grotesk blaue Köpfe – wie kleine bunte Luftballons sahen sie aus – nur, dass es keine Luftballons waren, sondern Köpfe von Kindern, die verzweifelt und vergebens um ihr Leben rangen.

Marie wollte hinaus. Sie weinte, sie schrie, doch sie konnte nicht wegrennen. Sie stand mitten in dem Raum mit den sterbenden Menschen. Nun sanken auch die Stärksten in die Knie, ihre Gesichter wurden blau, Speichel und Erbrochenes quoll aus ihren Mündern.

Dann lagen auch die letzten am Boden. Zuckend, sich windend, und manche im Todeskampf wie verrückt mit Armen und Beinen um sich schlagend, versuchten sie dem Tod zu entrinnen. Vergeblich!

Nach endlosen Minuten, die Marie wie eine ganze Ewigkeit schienen, lagen nur noch tote Leiber, manche noch leicht in ihrem eigenen Erbrochenen zuckend, auf dem Betonboden – wie Fische, die man an Land geworfen hat – noch ein letztes Röcheln von sich gebend. Dann war Stille!

«NEEEEIN!»

Maries Schrei hallte dumpf durch den Raum, alles um sie herum begann sich zu drehen, sie fühlte Übelkeit hochsteigen. Ihr wurde schlecht und sie musste sich übergeben. Dann sackte sie zusammen und fiel in einen endlosen schwarzen Tunnel. Immer tiefer fiel sie, sie fiel und fiel …

XXIII

Grau.

Der graue Betonboden war ganz nah. Sie lag am Boden. Immer noch benommen von dem, was sie erlebt hatte. Ihre Brust schmerzte, ihr Bauch tat weh. «Warum nur fühle ich Schmerz?», dachte Marie. Sie wälzte sich zur Seite, da sah sie – Isabelle!

Isabelle lag genau neben ihr. Wenige Zentimeter entfernt lag Isabelle reglos auf dem Boden.

«Ich muss sie fallengelassen haben ...» Sie wollte aufspringen und nach Isabelle greifen, doch sie war zu schwach. Eine bleierne Schwere lastete auf Marie. Sie fühlte sich so schwach wie noch nie zuvor.

«Was ist bloss mit mir los?» Da fuhr es wie ein Blitz durch ihren Kopf: «Ich habe Isabelle beim Sturz durch den Tunnel fallen lassen! Ich habe sie fallenlassen.»

Voller Panik wollte sie Isabelle erneut fassen, streckte ihren kurzen Arm nach ihr aus. Doch ihr Arm fühlte sich schwer an, so schwer, als wenn ein tonnenschwerer Stein ihn auf den Boden pressen würde.

«Ich muss es schaffen … ich muss Isabelle retten ...» Zentimeter um Zentimeter tastete sich ihre Hand in Richtung Isabelle. «Ich muss sie erreichen …»

Plötzlich fühlte sie etwas.

Einen dunklen Schatten fühlte Marie. Der Schatten war – Er! Und er war genau über ihr. Dann spürte sie einen stechenden Schmerz im Arm. Der Schmerz war so stark, dass er ihr Tränen in die Augen trieb.

Der böse Mann, der sich Führer nannte, hatte seinen Fuss

mit den schweren Stiefeln auf Maries Arm gesetzt, so dass sie Isabelle nicht mehr greifen konnte. Marie schrie vor Schmerz auf und die Tränen flossen über ihre fahlen Wangen. Sie war wieder ein Mensch geworden! Sie war wieder sterblich, denn sie hatte Isabelle aus ihren Händen verloren. Und ohne Isabelle war sie wieder ein kleines, krankes Mädchen – hilflos und allein mit *ihm*.

Der Führer griff nach Isabelle, hob sie hoch – und dann geschah es: Gleissendes Licht erhellte den ganzen Raum. Der Führer stolperte verwundert ein paar Schritte zurück – Isabelle immer noch in seiner Hand haltend – und das Licht wurde immer heller. Es war ein fahles Licht, es war das Licht des Bösen! Isabelles magische Kräfte flossen zum Führer, die Kräfte flossen in den Führer – und begannen ihm Macht zu verleihen: Grenzenlose Macht!

Seine gekrümmte Haltung wich, er fühlte, wie übermenschliche Kräfte ihn wieder jung werden liessen, sein Haar wurde wieder glänzend schwarz, seine Haut glatt und die Falten im Gesicht wichen wie von Zauberhand. Er fühlte sich von Sekunde zu Sekunde besser und stärker.

Derweil krümmte sich Marie vor Schmerz am Boden. «Was habe ich nur getan?» Tränen flossen über ihre Wangen, sie blutete, die Wunden waren wieder da. Sie hatte Isabelle einem Menschen gegeben. Nicht irgendeinem Menschen. Nein, dem bösesten aller Menschen.

«Oh, was habe ich nur getan …» Sie konnte nicht weiter denken, denn starke Hände packten sie.

«Wer bist du?» Er zerrte Marie mühelos vom Boden hoch – Isabelles magische Kräfte wirkten immer mehr auf ihn – so wie es Elvis gesagt hatte.

Marie schluchzte vor Verzweiflung. «Was habe ich getan», dachte sie immer wieder, «was habe ich getan?» Maries Gesicht war ganz nahe an dem des Führers, ihre Beinchen baumelten in der Luft. Sie starrte direkt in die bösen Augen, sein Atem war ganz nah und seine Stimme klang, wie wenn sie direkt aus der Hölle käme, als er noch einmal schrie: «Wer bist du? Was wolltest du von mir?»

Marie antwortete schluchzend: «Dir eine Frage stellen … nur *eine* Frage sollte ich dir stellen ...»

«Eine Frage?» Seine Stimme klang immer tiefer, das Böse selbst schien daraus zu sprechen.

Und dann begannen sich die Wände des Bunkers zu verändern; die Risse, die eben noch im Beton waren, begannen sich wie von Zauberhand zu schliessen und draussen verstummte das Geschützfeuer. Die Armeen seiner Gegner, die eben noch zum finalen Sieg auf seinen Bunker am vorrücken waren, kamen zum Stillstand. Die gegnerischen Soldaten erstarrten zu Salzsäulen. Keine Waffe liess sich mehr abfeuern und eine schwarze Wolke aus Eis und Angst legte sich über die eben noch siegreichen Armeen der Guten, die dem Führer und seinen dunklen Armeen die vernichtende Niederlage bereitet hätten.

Das Böse begann zu siegen!

«Eine Frage?» Seine Hand krallte sich in Maries Hals, er wurde von Sekunde zu Sekunde stärker und er schien zu wachsen; ein Licht umgab ihn nun. Doch das Licht ging nicht von ihm aus, nein, er schien das Licht anzuziehen und zu verschlingen wie ein schwarzes Loch.

«Eine Frage willst du mir stellen?» Seine Stimme war hasserfüllt und voller Hohn. «Dann stell deine Frage schon.» Seine Hand lag um Maries schlanken Hals wie ein eiserner Schaubstock.

Und obschon Marie kaum mehr Luft bekam, stellte sie dem Führer die Frage – *die Frage aller Fragen*. Sie stellte dem Führer dieselbe Frage, die ihr Grossvater Matimba ihr selbst einst stellte – als sie im Sterben lag.

Wispernd hatte Marie die Frage gestellt, wispernd waren die Worte in die Ohren des Führers gedrungen. Und jetzt – war es ganz still im Führerbunker.

Die Frage war verhallt! Aber sie stand immer noch im Raum und wartete auf eine Antwort.

Kein Laut war zu hören – weder drinnen noch draussen. Die Zeit war eingefroren, wie wenn ein Film angehalten worden wäre. Wie ein Standbild im Strom der Zeiten: Der Führer, wie er kerzengerade im Raum stand, Marie in seinen Klauen, ihre Beine kraftlos in der Luft baumelnd, Isabelle in der Hand des Führers – welk und tot – nun, da sie ihre magischen Kräfte an den Führer verloren hatte. Beide waren ausgeliefert, verloren, jeder Hoffnung beraubt. Ewigkeiten schienen dahinzufliegen und dann ...

... dann erschallte ein Lachen. Ein Lachen, das wie das Lachen einer Million Hyänen klang. Das Lachen des Führers! Es hallte durch den Bunker, verstärkt und reflektiert von den Wänden, liess dieses Lachen alles erzittern. Es drang nach draussen und überflutete die ganze Erde! Es war ein abgrundtief böses, ein gemeines Lachen … ein Lachen, wie es die Welt noch nie gehört hatte. Ein Lachen, das aus dem tiefsten Schlund der Erde zu kommen schien.

Und während der Führer sein kreischend böses Lachen von sich gab, lockerte er einen kurzen Augenblick den Würgegriff um Maries Hals, und da biss Marie zu!

Sie biss mit aller Kraft, die sie noch besass, in die Hand des Führers, mit der er Isabelle umklammert hielt. Maries kleine weisse Zähne bohrten sich tief in sein Fleisch. Und obwohl Isabelles Macht ihn beinahe schon unbesiegbar hatte werden lassen, war es noch nicht ganz so weit, denn ein letzter Rest Leben glomm immer noch in Isabelle, noch waren nicht alle magischen Kräfte dem Führer zugeflossen – noch war er verletzlich!

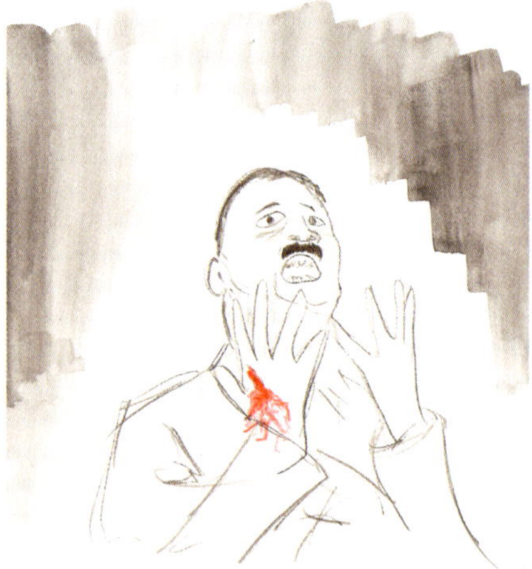

Er schrie vor Schmerz auf, es klang wie das Heulen eines verwundeten Wolfes. Er versuchte, seine blutende Hand zurückzureissen, aber Marie biss noch fester zu, so fest, dass Schmerzenstränen in seine Augen schossen und er Marie heulend vor Schmerz und Wut losliess und auf den Boden schmetterte, sodass er seine schmerzende Hand aus Maries Zähnen befreien konnte. Sie schmerzte so sehr, dass er auch Isabelle zu Boden schleuderte und erneut heulte wie ein Rudel Wölfe. Er schrie wie von Sinnen: «Ich werde euch alle vernichten! ALLE werde ich euch vernichten! Meine Rache werdet ihr zu spüren bekommen. Heerscharen werden über euch herfallen. Unzerstörbar wie ich selbst. Mein ist die Rache!» Seine Stimme war nun einem unerträglichen Kreischen gleich und seine Worte fegten über die ganze Erde.

Und sein Schmerz war nur von kurzer Dauer. Nun kannte sein Hass und seine Wut keine Grenzen mehr. Er zog seine Pistole aus dem Holster, schritt auf die am Boden liegende und sich windende Marie zu, packte sie brutal am Röckchen, hob sie hoch, stelle sie auf ihre wankenden Beinchen und dann – hielt er seine Waffe an Maries Brust und schrie sie an: «Was ist denn *deine* Antwort auf die Frage?» Speichel lief aus seinem Mund, seine Augen glühten schwarz und rot zugleich wie ein höllisches Feuer: «Na, du Göre, was also ist also *deine* Antwort auf die Frage?»

Maries Tränen liefen über ihre Wangen und tropften zu Boden. Dorthin, wo Isabelle leblos lag. Die Farben waren aus ihren Blättern gewichen, sie war ganz grau und matt. Der Führer spannte den Hahn seiner Pistole. Marie blutete aus ihrer Nase und das Blut tropfte zu Boden und vermischte sich mit ihren Tränen auf Isabelles leblosen Körper.

Marie öffnete ihre Lippen, um *die Frage aller Fragen* zu beantworten ...

PENG!

Der Donnerhall des Schusses verschluckte ihre Antwort!

Marie schaute mit ihren grossen blauen Augen verwundert auf den Führer, dann auf ihre Brust und … wankte erst ein wenig. Dann fasste sie sich mit der Hand an die Brust, und als sie diese wegzog, sah sie, dass die Hand ganz rot war, und der Blutfleck auf ihrer Brust immer grösser wurde.

Alles begann sich um sie drehen, sie wankte wie ein dünner Ast im Sturm, mit allerletzter Kraft hob sie ihr Köpfchen, schaute mit festem Blick zum Führer auf, und – hauchend, mit letzter Anstrengung, beantwortete sie *die Frage aller Fragen* erneut und ohne jeden Zweifel in ihrem Herzen mit einem «Ja», das über ihre feinen Lippen drang.

Dann fiel sie, sanft wie ein Blatt, zu Boden. Ihr Körper fiel direkt auf Isabelle und Maries letzter Gedanke blieb unausgesprochen: «Verzeih mir, Isabelle.»

Dann war es still im Bunker.

Ganz langsam, so wie ein grosser Fluss fliesst, floss Maries Blut unter ihrem Körper hervor. Immer mehr Blut floss auf den Boden, fast wie ein kleiner See, der sich auf dem grauen kalten Betonboden ausbreitete.

Der Führer liess seine Waffe achtlos zu Boden fallen. Er fühlte eine ungeahnte Macht in sich. Niemals zuvor hatte er sich so gut gefühlt! Er würde die Welt beherrschen, ein Wunder war geschehen, die göttliche Vorsehung war eingetroffen – und oh, sie würden büssen, die, die nicht an seine Worte geglaubt hatten. In der Hölle würden sie alle schmoren. «Ausradieren werden ich das ganze wertlose Gesindel dieser Erde!» Schnaubend ging er zum Schreibtisch, seine Hände umklammerten den Globus, der darauf stand, dann hob er diesen hoch und schrie lauter als je zuvor:

«MEIN IST DIE RACHE!»

Er stand eine Weile da, Maries totem Körper schenkte er keine Beachtung mehr, seine Gedanken kreisten um die Zukunft – eine Zukunft, in der er, der Führer, für tausend Jahre und mehr, die Welt beherrschen würde. Er, der Führer, würde alle nicht lebenswürdigen Menschen vernichten, so wie er es schon zuvor gemacht hatte. Doch diesmal wären er und seine Armeen unbesiegbar.

Er setzte sich in seinen Ledersessel, ein diabolisches Lächeln umspielte seine Lippen. Seine Augen funkelten böse. Ja, er hatte letztlich doch gesiegt, dachte er zufrieden. «Das Böse siegt immer!», zischte er und lehnte sich gemütlich in seinem Sessel zurück, um zu überlegen, wie er herrschen würde über seine Welt.

XXIV

Seine Augen waren geschlossen. Sein Atem ging ruhig und gleichmässig. Eine tiefe Befriedigung durchströmte ihn. Er fühlte sich so wohl wie noch nie zuvor, denn er wusste, dass das, was geschehen, unvermeidbar war. Er ruhte noch eine Weile, dann stand er langsam auf und murmelte: «Es ist vollbracht.»

Dann hörte er ein Geräusch.

Ganz leise, kaum hörbar zunächst, dann immer deutlicher. Ein Summen … Ein Summen und Singen, das sich wie das Summen von tausenden Bienenflügeln anhörte.

Erstaunt beugte sich der Führer in seinem Sessel etwas vor. Jetzt war das Geräusch wieder weg. Wohl eine Sinnestäuschung, dachte er. Doch nein, da war es wieder!

Und jetzt wurde das Geräusch lauter, ja, es war nun ganz klar zu hören. Immer lauter wurde das Summen und Singen. Und nun gesellte sich ein weiteres Geräusch dazu. Es klang wie das Quaken unzähliger Frösche, das sich nun mit dem Summen vermischte und die Wände des Bunkers begannen zu beben. Alles vibrierte, selbst der Sessel, auf dem der Führer sass, schwankte und bebte. Der Führer hielt sich die Ohren zu, aber das Geräusch drang direkt in seinen Kopf und selbst sein Körper begann zu vibrieren unter dem unendlich lauten Klang unzählig vieler Bienenflügel und scheinbar Abermillionen von Fröschen und Kröten, die eine himmlische Melodie sangen, eine Melodie, die selbst die Sterne im Himmel erbeben liessen.

Und dann sah der Führer, was nicht sein konnte. Maries Körper bewegte sich! Ganz sachte zunächst – wie wenn eine unsichtbare Hand ihren leblosen Körper bewegen würde. Und tatsächlich! Maries Körper rollte zur Seite auf den Rücken.

Der Führer starrte wie gelähmt auf das, was sich vor seinen Augen abspielte. Marie lag nun auf dem Rücken, neben dem kleinen See aus Blut und Tränen, und Isabelle lag mitten in diesem See. Und dann begann Isabelle zu leuchten. Immer heller begann Isabelle zu leuchten, in allen Farben. Und der ganze Bunker erstrahlte in diesem hellen Licht, das von Isabelle ausging.

Eine unsichtbare Kraft presste seinen Körper in den Sessel. Er konnte nicht aufstehen – selbst zum Telefon konnte er nicht greifen und – er fühlte, wie er schwach wurde. Er starrte auf das, was er vor sich sah, ungläubig und schreckgeweitet:

Isabelle begann sich zu verwandeln!

Ihre Blätter wuchsen auf einmal irrwitzig schnell, wurden zu buschigen, goldfarben glänzenden Haaren. Isabelles grüner Stil wuchs innert Augenblicken zu mächtigen Beinen – muskulösen, goldgelben behaarten Beinen. Und dann wuchs ein riesiger Körper, eine buschige leuchtende Mähne aus dem, was gerade noch die Blume Isabelle gewesen war, und dort, wo eben noch Isabelles Blätter und Knospen waren, formte sich ein gigantischer Kopf. Ein Löwenkopf!

Isabelle hatte sich innert Sekunden zu einem Löwen gewandelt! Dem mächtigsten Löwen, den die Welt je gesehen hatte. So gross, dass er fast bis zur Zimmerdecke reichte.

Er war doch noch gekommen!

Der Führer ward starr vor Schreck, er konnte nicht glauben, was sich da vor seinen Augen abspielte. Er sackte ob diesem Schauspiel in seinem Sessel zusammen. Unfähig sich zu bewegen.

Der Atem des Löwen erfüllte den Raum, den ganzen Bunker gar, und es klang, wie wenn ein mächtiger Orkan direkt durch den Führerbunker fegen würde.

Mit einem einzigen Schritt seiner riesigen Beine war der Löwe am Schreibtisch des Führers, stellte seine mächtigen Vorderpfoten auf die Schreibtischplatte – seine Krallen glichen langen spitzen Messern – und diese bohrten sich mühelos in die Schreibtischplatte und liessen sie wie Seidenpapier zersplittern.

Nun riss er seinen Schlund auf. Seine langen, scharfen Reisszähne blitzten wie Milliarden Sonnen – und dann erklang sein Brüllen. Das Brüllen liess den Bunker erzittern. Die Wände rissen auf. Staub rieselte von der Decke und das Brüllen des Löwen liess die ganze Erde beben, ja selbst die Sterne am Firmament erzitterten unter dem Brüllen des Löwen.

Und das Brüllen wurde zur Stimme. Es war die Stimme des Ewigen, die aus dem Rachen des Löwen erklang. Und die Stimme des Ewigen donnerte:

«MEIN IST DIE RACHE!»

Dann war es still. Totenstill.

Die funkelnden Augen des Löwen schauten direkt in die blassen Augen des Führers. Nicht einmal der Atem des Löwen war mehr zu hören. Der Führer bebte, die Angst hatte ihn gelähmt, er war unfähig, auch nur ein Wort zu sprechen oder zu denken. Zitternd sass er hinter seinem Schreibtisch – unfähig, sich zu bewegen.

Doch jetzt, nach einer Ewigkeit, wie es schien, drang ein leises Grollen ins Innere des Bunkers, und draussen war wieder das Geschützfeuer zu hören. Und die Armeen der Guten erwachten aus ihrer Erstarrung und schritten wieder vor. Das Geschützfeuer wurde immer lauter, es liess den Bunker unter den Einschlägen erbeben – und kam unaufhaltsam näher.

Dann verwandelte sich der Löwe. Die buschigen goldfarbenen Haare wurden rötlichschwarz. Die mächtigen Hinterläufe wurden dunkel und – da stand er: ELVIS!

Jung und kräftig stand er da. Er blickte den Führer lange an. Dieser war in sich zusammengesunken. All seine Kräfte waren verschwunden, die Augen alt und leer. Die Lippen bebten, doch kein Laut entwich seinen Mund.

Elvis drehte sich um, hob die am Boden liegende Pistole des Führers auf und legte sie auf den Schreibtisch. Wieder schaute er den Führer lange an, dann sprach er mit ruhiger Stimme: «Du wirst sie noch brauchen.»

Dann wandte er sich ab und schritt zu Maries leblosem Körper, nahm ihn in seine mächtigen Arme. Er öffnete seine Hand und wie durch Zauberei wuchs Isabelle daraus empor. Und ihre Blätter leuchteten schöner und heller als je zuvor.

Dann berührte Elvis mit Isabelles Blättern Maries Stirn. Ein Summen erfüllte den Raum – und Marie schlug die Augen auf. Als sie sah, wer sie in den Armen hielt, stiess sie einen Freudenschrei aus: «Onkel Elvis!» Sie umarmte dessen mächtigen Hals und drückte ihren kleinen Wuschelkopf überglücklich an seine Brust.

Elvis musste lächeln, streichelte sanft über Maries Haar und sagte: «Komm … lass uns nach Hause gehen, meine kleine Prinzessin.»

Ein Lichtblitz erhellte den Bunker ein letztes Mal, dann waren sie weg.

XXV

Kein Geräusch war zu hören. Marie hatte weder kalt noch heiss, sie spürte auch keinen Hunger, und obschon alles um sie herum pechschwarz war und nicht der kleinste Lichtschimmer zu sehen, hatte sie kein bisschen Angst. Sie fühlte sich leicht wie eine Feder. Wie eine Feder in einer unendlich grossen, sanften Wolke schien sie zu schweben. Sie fühlte sich wohl, auch die Schmerzen waren weg. Dann hörte sie eine Stimme: «Wach auf meine kleine Prinzessin.»

Sie schlug die Augen auf: «Onkel Elvis ...»

Er trug sie immer noch auf seinen Armen, sein Gesicht war ganz nah, er lächelte. Sanft sah er aus, so sanft und gütig, dachte Marie.

Dann setzte er sie ab auf den Sandboden. Sie waren wieder an demselben Ort wie ganz zu Beginn. Der rote Berg im Hintergrund war kaum auszumachen, doch er war

da. Es war Nacht, ein angenehmer, milder Wind wehte, das Feuer knisterte leise, und am Himmel funkelten Abermilliarden Sterne.

Marie begann zu weinen und schluchzte leise: «Oh Onkel Elvis, es tut mir so leid, dass ich versagt habe. Dass ich keinen einzigen Menschen gefunden habe, der die Frage richtig beantwortet hat. *Keinen einzigen!*» Tränen liefen über Maries Wangen, als sie weiter sprach: «Und dass ich dann auch noch Isabelle verloren habe … und dass Isabelle in die Hände dieses bösen Mannes fiel und ...» Ihre Stimme versagte.

Elvis stand einfach da. Seine dunkle Haut schimmerte im Licht der Sterne. Er schwieg sehr lange und schien zu überlegen. Dann drehte er sich um, ging behände in die Hocke, nahm Maries Hände in die seinen und sprach: «Doch, Marie, gewiss hast du einen Menschen gefunden … du selbst bist noch einmal Mensch geworden … und du selbst hast die Frage ein zweites Mal richtig beantwortet.» Er zögerte einen Augenblick und es schien Marie für einen kurzen Moment, dass seine Augen glänzten, als ob sich eine Träne in deren Unendlichkeit verirrt hätte.

Da hob Elvis Marie zu sich hoch, hielt sie fest in seinen Armen und sprach: «Du bist in der Tat ein Mensch, Marie, und du hast mich überzeugt! So also sollen alle Menschen, die einst waren, und alle die sind und auch alle, die noch sein werden, nochmals eine Chance erhalten. Jeder Mensch soll sein Leben noch einmal leben dürfen. Und jeder Mensch erhält noch einmal die Gelegenheit, so zu leben, dass er *die Frage aller Fragen* reinen Herzens richtig beantworten kann. So wie du es zweimal tatest.»

Er setzte Marie wieder zu Boden und schaute sie lächelnd an. Seine Hände hielten die ihrigen immer noch. Marie trat etwas verlegen von einem Fuss auf den anderen, sodass Elvis seinen Kopf etwas neigte, seine Stirn leicht in Falten legte, jedoch nichts sagte, denn er wollte es von Marie selbst hören.

«Onkel Elvis?»

«Ja, meine kleine Prinzessin?»

«Ich verstehe nicht, wie das funktionieren soll. Du hast gesagt, dass ALLE Menschen noch einmal eine Chance erhalten?»

«Ja gewiss … ALLE.»

«Auch die schlechten Menschen?»

«Ja … auch die Schlechten.»

«Aber ...»

«Psst ...», er hielt seinen Zeigefinger auf Maries Lippen. «Ich weiss was du fragen willst.» Er streichelte ihr übers Haar. «Die Antwort darauf lautet: Kein Mensch wird schlecht oder böse geboren, Marie. Bei der Geburt ist nur Gutes und Reines im Menschen – und Liebe!» Nun lächelte er, seine Augen hatten wieder diesen eigenartigen Glanz. «Jeder Mensch hat die Fähigkeit, das Böse in sich zu besiegen – jeder. Und weil dies so ist, meine kleine Marie, soll jeder Mensch nochmals die Chance erhalten, dieses Gute und Reine in sich zu behalten, zu nähren und mehren – und weiterzugeben, denn im Inneren, Marie, tief verborgen in eines jeden Menschen Herzen, habe ich den Menschen die Gewissheit mitgegeben, zu wissen, was richtig und was falsch ist.» Er schaute sie lange und nachdenklich an. «Ich weiss, was du nun denkst, Marie. Dasselbe, das sich schon jeder Mensch mehr oder weniger oft gefragt hat, die Frage, die sich die Menschen immer wieder stellen: ‹Warum lasse ich das Böse überhaupt zu?› Das ist es doch, was du dich fragst, Marie.»

Er schaute sie mit gütigem Blick an. Marie nickte stumm und ein wenig verlegen. Elvis nahm Maries Hände in die seinen und sprach: «Wenn ich das Böse in den Menschen gar nicht erst zulassen würde, Marie … dann wären die

Menschen keine freien Wesen, verstehst du? Erst der freie Wille, das Richtige zu tun, macht den Menschen zu dem, was er ist.»

Marie sagte nichts, doch in ihrem Herzen begann sie zu verstehen, was *die Frage aller Fragen* wirklich bedeutete. Diese eine Frage, die ihr Grossvater Matimba gestellt hatte, kurz bevor sie gestorben war. Und selbst als ihr dieser böse und schreckliche Mensch, der sich Führer genannt hatte, die Frage ein zweites Mal stellte, hatte Marie ohne Zögern die richtige und einzige Antwort darauf gegeben, denn ihr Herz hatte geantwortet, nicht ihr Verstand.

Und wieder schien Elvis ganz genau zu wissen, was Marie gerade dachte, denn er sagte: «Ja Marie! Genau so ist es. Die Menschen habe ich erschaffen. Das Leben habe ich den Menschen geschenkt. All die, die du getroffen hast – auch den bösen Mann – sie alle haben nicht verstanden, was du, meine kleine Prinzessin, schon immer wusstest: Die Frage kann man nicht mit dem Verstand beantworten, sondern nur mit der Reinheit des Herzens. Und erst dann können die Menschen den Sinn und den Wert des Lebens erfassen ...» Er machte ein kurze Pause, seine Zähne blitzten weisser als alle Sterne am Himmel, und lachend fügte er an: «... So sei es: eine weitere Chance sollen also alle Menschen erhalten.»

Dann setzte er sie zu Boden und auf einmal war Isabelle wieder in seiner Hand. Er streichelte sanft über deren prachtvoll leuchtende Blätter. Marie schaute zu ihm hoch, sie wollte etwas sagen, doch sie traute sich nicht.

Aber Elvis hatte ihre Gedanken längst erraten und sprach: «Du darfst als Belohnung zurück zur Erde. Du darfst wählen, als wer du wieder geboren werden willst.»

Marie blickte ihn mit grossen Augen an. «Als wer immer ich will?»

Er nickte lächelnd und antwortete: «Ja, als wer du auch

immer willst; als ein reicher und glücklicher Mensch, als ein erwachsener oder noch junger Mensch, selbst ob du Mann oder Frau sein willst, darfst du wählen und – auch in welchem Land, an welchem Ort du leben willst, und ...»

Maries Kichern unterbrach seine Rede und er schaute sie mit vorgespielter Strenge an: «Warum lachst du?»

«Och … nichts, Onkel Elvis, nur … als Mann nochmals geboren zu werden, klang so lustig.» Sie zwinkerte Isabelle zu und sprach weiter: «Männer haben wir genug getroffen auf unserer Reise, nicht wahr, Isabelle?»

«Nun gut», sagte Elvis und konnte ein Schmunzeln nicht verbergen: «Also dann wieder als Frau in welches Land du auch immer ...»

Und wieder siegte Maries Ungeduld und sie unterbrach ihn mitten im Satz: «Aber Onkel Elvis, ich versteh das nicht. Wie kann ich denn nochmals zurück zur Erde und mein Leben nochmals leben? Du hast doch gesagt, dass alles noch einmal von vorne beginnen würde?»

Sein Lachen donnerte durch das gesamte Universum, «Hahaha … so ist es meine kleine Prinzessin … so ist es ...» Er ging in die Knie, sein Gesicht war nun auf gleicher Höhe mit dem von Marie, seine grosse, starke Hand umfasste das Holzinstrument und mit der anderen umfasste er Isabelle ganz zart. «Alles passiert zur selben Zeit, meine kleine Prinzessin, die Erschaffung des Universums und dein neues Leben … Zeit ist etwas, das Menschen nicht verstehen können … relativ eben.» Er blickte in Maries fragende Augen und fügte an: «Aber das ist nicht so wichtig Marie … mach dir keine Gedanken darüber. Dazu bin ich ja da … Hahaha.»

«Ich hab schon gewählt!», wisperte Marie. Ihre Hände umfassten sein Gesicht. Die Lippen an seinem Ohr, flüsterte sie ihm ihren Wunsch leise zu, ganz so, als ob sie nicht sicher wäre, ob er ihr diesen Wunsch auch erfüllen würde.

Elvis schaute sie lange an, dann stand er auf und sein Lächeln erhellte das gesamte Firmament. Dann führte er das Instrument an seine Lippen, zögerte einen Augenblick und – bevor er hineinblies, zwinkerte er Marie zu und seufzte: «Es wird mir langweilig sein … bis du wiederkommst.»

Dann blies er in das Instrument.

Das Summen und Singen erklang so mächtig wie nie zuvor. Durch das ganze Universum hallte diese Musik … immer lauter wurde das Summen, Singen, Sirren und Quaken, immer stärker schwoll es an, durchdrang alles, was existierte; das Wasser und die Luft und die Berge und Täler, die Menschen und die Tiere und die Sterne und Planeten. Alles wurde von diesem Klang durchdrungen und in Schwingung versetzt, alles wurde selbst zu dieser himmlischen Musik, die sich wie eine nicht fassbare Substanz aus dem Holzinstrument ausbreitete und deren Wesen unerklärlich war.

Und so begann sie Eins zu werden. Die Ewigkeit und die Nichtigkeit begannen sich ineinander zu verwinden und zu durchmischen, die Gegenwart und die Vergangenheit und die Zukunft zugleich, sich zu vereinen in sich selbst, eins zu werden, zum NICHTS – zu einem Zustand, der weder definierbar noch fassbar war.

Die Sterne am Himmel fielen, glitzernden Tränen gleich, zu Boden, Mutter Sonne sank hernieder, rote Flammen zerliefen im Wasser ihres feurigen Schweifes, der Berg funkelte in kaltem Glanz, und zwischen den Sternen glomm es rot und weiss zugleich, dann zog sich Mutter Sonne langsam wieder in ihre Höhle zurück und legte sich schlafen, und der rote Berg versank im Sand und der Sand löste sich auf … ins NICHTS.

Ob die Zeit stehenblieb, auf ewig und unendlich oder gar unendlich schnell verstrich – keiner vermochte dies zu sagen. Ob es eine gleissende Dunkelheit, ob ein immerwährendes fahles Grau oder gar eine finstere Helligkeit das Ende des Zustandes sein würde – keiner vermochte es zu sagen.

Niemand!

Kein Lebewesen vermochte dies zu sagen, weder Pflanze, Tier noch Mensch, und auch kein anderes Ding vermochte es zu bestimmen, weder Stein, Fels noch Stern, ob dieser Zustand den quadrillionsten Teil einer Sekunde oder Abertrilliarden Ewigkeiten währte – keiner vermochte es zu sagen, denn die Zeit war nicht mehr; als das NICHTS wurde.

Und das NICHTS war vollkommen, in jeder Hinsicht vollendet – kein Lachen und keine Träne, weder Freude noch Trauer, kein Glück und auch kein Leid, nichts, was je gefühlt, gespürt, gesagt oder gewispert, keine Verzweiflung und keine Freude, die je ihren Weg ins Licht der Tage oder ins Dunkel der Nächte gefunden, weder Tugend noch Eitelkeit, selbst die grössten Heldentaten und auch die grausamsten Verbrechen, nichts war mehr – alles getilgt, vergangen, verdampft und nichtig im Zustand des NICHTS.

Und während sich das NICHTS immer weiter ausbreitete, während Mutter Sonne vollends in ihre Höhle glitt, die letzte Glut übers Wasser schickte und erlosch, während die Luft sich mit Dunkelheit füllte wie mit einer feinen Substanz das Licht erstickend, schwebte Marie empor – oder hinab – sie konnte es nicht sagen. Während der blaue Planet, dessen Name nicht mehr wichtig, weil schon im NICHTS getilgt, immer kleiner wurde oder Marie sich immer weiter weg bewegte, schaute sie den Planeten noch einmal an, der, auf sie zuschwebend, eins wurde mit Maries blauen Augen wie ein Diamant von unermesslicher Schönheit. Tiefblau, ein letztes Licht, das überall hindrang. Ein Sommertag nach dem anderen voll von diesem Licht, das auf die lebendige Dunkelheit gleisste, ein optischer Schatz, unermesslich kostbar, als betrachte man durch eine Lupe den Planeten und Maries Augen zugleich.

Marie liess los, liess sich sinken und fallen, keine Trauer fühlte sie, sondern Hoffung war ihr letzter Gedanke – ins NICHTS schwebend.

Dann war es vollbracht. NICHTS existierte mehr! Keine Sterne, keine Sonne, kein Meer und kein Wasser – und keine Marie.

XXVI

Dann, nach tausend Ewigkeiten – oder einer Tausendstelsekunde, erklang ein Summen und Singen, ein Sirren und Quaken. Immer stärker wurde diese himmlische Melodie und dann – erklang eine Stimme aus dem NICHTS.

Und es war seine Stimme.
Es war die Stimme des Ewigen.
Es war Elvis' Stimme.
Und er sprach:

ES WERDE LICHT

XXVII

Es war einmal ein kleines Mädchen. Das Mädchen wohnte auf einem blauen Planeten. Der Planet hiess Erde. Es war sehr schön auf der Erde, denn es gab alles, was das Menschenherz begehrte: Wasser im Überfluss das man trinken konnte, weite Felder, auf denen man Weizen anbauen konnte, Flüsse, aus denen man Fische fangen konnte, hohe, schneebedeckte Berge gab es und viele grüne Wälder.

Und ganz viele verschiedene Menschen bevölkerten den Planeten Erde. Dunkle und helle Menschen, kleine und grosse Menschen, schöne und weniger schöne Menschen und auch junge und alte Menschen. Die Erde war ein Paradies. Doch es gab eine helle und eine dunkle Seite auf der Erde. Die Menschen auf der hellen Seite hatten alles: Autos zum Fahren, warme Häuser zum Wohnen, sie konnten essen und trinken, so viel sie wollten und oft gingen die Menschen auf der hellen Seite auch in die Ferien, hatten es lustig und alle waren sie glücklich.

Alle Menschen auf der Erde hätten so leben und sich freuen können. Aber dem war nicht so, denn obschon die Erde eigentlich reichlich Luft zum atmen, Wasser zum trinken und genügend Essen für alle Menschen bereithielt, gab es ganz viele Menschen, die auf der dunklen Seite lebten.

Und Marie war einer dieser Menschen. Denn Marie wohnte an einem Ort, wo es nicht genug zu essen gab, einem Ort, wo man vom Wasser krank wurde und die Luft zum atmen so schlecht roch, dass einem übel davon wurde.

Marie war acht Jahre alt und sehr krank. Sie hatte die Krankheit der «bösen Geister», wie diese von den Dorfbewohnern genannt wurde. Alle wussten, dass es keine Heilung gab und dass alle, die diese Krankheit bekamen, sterben mussten. Auch Marie wusste das.

Maries Eltern und Geschwister waren schon an der

«bösen Geister» Krankheit gestorben und so hatte sie nur noch ihren alten Grossvater.

Maries Grossvater war der älteste Mann im Dorf und sehr weise. Er hiess Matimba, doch alle Kinder nannten ihn nur Grossvater. Matimba lachte oft und gerne. Für ihn war Marie seine «kleine Prinzessin», wie er immer sagte. Doch heute lachte er nicht, denn er sass neben dem schmalen Bett, auf dem Marie lag.

Maries Haut, die sonst die Farbe von dunkler Schokolade hatte, war ganz blass und übersät mit unzähligen Wunden, die bluteten und ganz furchtbar juckten. Die vollen schwarzen Haare, das schöne runde kleine Gesicht, die strahlend blauen Augen und die kleinen roten Lippen; all dies war blass und eingefallen. Marie hatte ihr dunkelblaues Lieblingskleidchen an. Doch es schien auf einmal viel zu gross, denn sie hatte in den letzten Tagen sehr stark an Gewicht verloren und ihre Arme und Beine sahen aus wie die dünnen Äste eines alten Baumes, die dürr und krank aus dem Kleidchen herauslugten.

Und obwohl es sehr warm war in der Hütte ihres Grossvaters, fröstelte ihr. Doch sie versuchte, sich nichts anmerken zu lassen und lächelte ihren Grossvater tapfer an. Dieser tupfte ihr den Schweiss behutsam von der kleinen Stirn und erwiderte Maries Lächeln. «Wie fühlst du dich heute, Marie?»

«Schon etwas besser, Grossvater», log Marie.

Matimba wusste, dass es soweit war. Und er wusste, dass Marie grosse Schmerzen hatte und dass sie es sich nicht anmerken lassen wollte, um ihm keine Sorgen zu bereiten. Sein Herz war schwer und leicht zugleich – er beugte sich über Maries wunderschönes Gesicht, denn er wusste, dass er ihr *die Frage* stellen musste: Es war Gesetz – seit er sich erinnern konnte, war es Gesetz, *die Frage* zu stellen.

«Marie?», fragte er sachte.

«Ja Grossvater?» Ihre Stimme war sehr schwach.

Matimba beugte sich noch näher zu Marie und flüsterte ihr die Frage ins Ohr:

«Liebst du dein Leben so wie das Leben aller Menschen und hast du dennoch keine Angst vor deinem eigenen Tod?»

Sie schaute ihren Grossvater mit grossen glänzenden Augen an, eine glitzernde Träne lief ihr über die Wange, doch sie antwortete ohne zu zögern und mit fester Stimme:

«Ja!»

Seine Augen lächelten, er strich ihr über das schwarze Haar und flüsterte: «Schlaf jetzt, meine kleine Prinzessin. Du hast noch eine lange Reise vor dir.»

Draussen ging die Sonne langsam unter und ein kühler Abendwind blies durch die Ritzen der Hüttenwände aus Bambusstäben. Maries kleine Hand suchte ganz sachte die Hand ihres Grossvaters, ihr Atem ging schwer und rasselnd und sie musste husten.

Die letzten Sonnenstrahlen drangen gelbrot, wie tausend goldfarbene Finger, durch die Ritzen der Hüttenwände und liessen alles in einem schimmernden Licht leuchten, so dass das Innere der Hütte – einen Augenblick nur – wie der Palast eines Königs erstrahlte.

Dann wurde es dunkel.

Matimba hielt Maries Hand auch noch, als das Mädchen längst nicht mehr atmete.

XXVIII

Der Tag erwacht. Mutter Sonne steigt am Horizont auf und lässt ihre ersten, wärmenden Strahlen über die Erde fliessen. Im Inneren der Hütte wird es langsam hell und Mutter Sonne schickt ihre Strahlen wie tausend goldene Finger, durch die Ritzen der Hüttenwände.

Matimba legt Maries Hand ganz sachte aufs Bettchen, dann steht er auf und schreitet langsam nach draussen. Und dann – bleibt er unwillkürlich stehen. Matimba fühlt sein Herz ganz leicht werden und voll der Freude. Er dreht sich langsam um und:

Da steht *sie* – Marie!

Ihre blauen Augen leuchten blendender als ihr Kleidchen. Ihr Lächeln strahlt heller als Mutter Sonne selbst und sie hält eine wunderschöne gelbe Blume in ihren Händen.

Und Maries Worte klingen so klar wie Quellwasser und so rein wie der Klang einer goldenen Glocke:

«Guten Morgen, Grossvater.»

Nachwort

Liebe Leserin, lieber Leser

Sehr wohl weiss ich, dass berühmte Schriftsteller selten ein Vor- oder Nachwort zu ihrem Buch schreiben. Noch seltener erklären Literaten oder Romanciers der Leserschaft, was sie mit einer Geschichte vermitteln wollen. Da ich selbst weder berühmt bin noch mich als Literat im eigentlichen Sinne empfinde, erlaube ich mir, Ihnen mitzuteilen, wie diese Novelle entstand und weshalb ich sie so geschrieben habe.

Hommage an Saint-Exupéry und wie ich auf diese Idee kam

Folgende Begebenheit ereignete sich vor gut einem Jahr. Es war Sommer, mitten im Juli, einer der wenigen heissen Sommertage in besagten Monat. Ich hatte noch ein paar Tage Urlaub und so beschloss ich, ins Schwimmbad zu gehen, um die Rohfassung meines zweiten Buches («Smile!») ein letztes Mal durchzulesen. Ich suchte mir eine stille Ecke aus, da ich Ruhe brauche, um nachzudenken oder zu lesen. Neben mir – nur ein paar Meter entfernt – lag ein Mann und sonnte sich. Ich machte mir gerade ein paar Notizen bezüglich letzter Änderungen, die ich anbringen wollte, da spürte ich eine Hand auf meiner Schulter und hörte eine Stimme, die fragte: «Wären Sie so freundlich, mich zum Schwimmbecken zu begleiten?» Ich drehte meinen Kopf zu der Stimme, blinzelte in die Sonne, stand auf, wollte den Mann anherrschen, mich nicht zu belästigen. Da sah ich ihn mir etwas genauer an: Ein älterer Mann, etwa Mitte sechzig, blaue, kurze Badehose, braungebrannt und eine Sonnenbrille auf der Nase. Dann sah ich seinen Arm, sah die Binde – mit Blindenzeichen. Noch einmal fragte er, ob ich ihn ans Schwimmbecken begleiten würde. Ich wusste nicht, wie ich reagieren sollte. Der Mann sprach weiter. Seit seiner Geburt sei er blind. Doch er liebe das Wasser. Das Dumme sei bloss, dass er immer jemanden brauche, der ihn zum Schwimmbecken begleite und ihm Anweisungen gäbe, in welche Richtung er zu schwimmen habe, jemandem, dem er vertrauen könne. Dann schwieg er, um meine Antwort abzuwarten. Ich kam nicht umhin zu fragen: «Wie können Sie denn wissen, wem Sie vertrauen können?» Der Mann lächelte mich an und antwortete: «Es braucht kein Augenlicht, um in das Herz eines Menschen zu sehen.»

Ich reichte ihm meinen Arm und wir gingen zum Schwimmbecken.

Am gleichen Abend nahm ich eines meiner Lieblingsbücher aus dem Regal, schlug es an einer beliebigen Stelle auf und las folgenden Satz: «Man sieht nur mit dem Herzen gut, das Wesentliche ist für das Auge unsichtbar.»

Dieser wohl berühmteste Satz aus dem Buch «Der kleine Prinz» von Antoine de Saint-Exupéry wirkte wie eine Initialzündung, und in dem Augenblick wusste ich, was der Stoff für mein nächstes Buch sein würde.

Ein Jahr später war es vollbracht: «Das Mädchen und die magische Blume» fertiggestellt. Als ich die Rohfassung ein letztes Mal durchlas, war ich ein paar Tage auf Urlaub in meiner Heimat – in Italien. Und wieder lag ich in einem Schwimmbad, in einem kleinen süditalienischen Städtchen, um letzte Änderungen an meinem Manuskript vorzunehmen. Während ich also die Rohfassung dieser Novelle durchlas, überlegte ich mir, was denn eigentlich die Aussage dieser Geschichte sei und folgende Fragen gingen mir dabei durch den Kopf: «Wovon handelt diese Novelle?» Handelt sie vom Glück im Allgemeinen? Oder über das

Glücklichsein im Speziellen? Ist es eine Geschichte über Glaube und Spiritualität, gar ein Versuch, meiner Leserschaft eine neue Perspektive auf die Frage nach dem Sinn des Menschseins zu vermitteln? Habe ich eine zu triviale Geschichte geschrieben, ist es der holprige Versuch, eine Antwort auf die drei Grundsatzfragen zu finden, die einst der grosse Immanuel Kant folgendermassen formulierte: «Was kann ich wissen? Was soll ich tun?» und «Was kann ich hoffen?»

Und ist es nicht immer die *Frage aller Fragen*, die hinter all den anderen Fragen lauert und die unser Unbehagen auslöst? Was ist der Sinn des Lebens? Oder sollte ich mich doch besser hüten, auch nur den Versuch einer Antwort zu wagen?

Ich liess einige der Philosophen und Wissenschaftler, die meine kleine Marie mit ihrer Zauberblume Isabelle «besucht» hatte, in Gedanken noch einmal vor meinem geistigen Auge Revue passieren: Der grosse Platon schaffte sozusagen das «Fundament» der abendländischen Philosophie. Er war davon überzeugt, dass es eine Seele gibt und dass das Prinzip allen Lebens «gut» sei. Epikur und Zenon wiederum entwickelten, auf diesem «Fundament» aufbauend, zwei völlige gegensätzliche Denkansätze. Epikur war der Meinung, dass nur das sinnlich Fassbare im Vordergrund stehe. Zenon war genau gegenteiliger Ansicht, nämlich, dass das Leben einen tieferen Sinn habe als die sicht- und spürbaren Erfahrungen.

Vereinfacht betrachtet vertraten alle nach den beiden jeweils die eine oder andere Position – nur in andere Worte gekleidet. Die Philosophen und Geistlichen vor der Neuzeit beschäftigten sich nicht mit dem Sinn des Lebens, denn für sie war die Antwort bereits seitens der Religion gegeben.

Erst nach dem Mittelalter, der Renaissance und dem Barock, wurde diese Frage anders interpretiert. Etwa ab dem 18. Jahrhundert, als die Philosophen und Wissenschaftler anstelle von Gott unser Bewusstsein in den Mittelpunkt der Weltordnung stellten. Für Kant lag die Bestimmung des Lebens in der moralischen Pflichterfüllung, für Rousseau, dass der Mensch gemäss seiner eigenen Natur leben dürfe und solle. Nietzsche und Freud meinten, dass schon die Frage nach dem Sinn des Lebens ein Ausdruck geistiger Umnachtung sei und wie viele andere ihrer Kollegen befanden beide, dass Musik und die Liebe zur Arbeit genügend Sinn und Lebensinhalt böten. Wittgenstein wiederum tat die Frage nach dem Sinn des Lebens schlichtweg als «ungültig» bzw. «unsinnig» ab. Und wieder andere sahen den Sinn des Lebens darin, sich selbst durch sein Tun zu verwirklichen oder durch gute Taten die Welt zu einem besseren Ort zu machen.

Mensch sein

Tatsache ist, dass jeder Mensch sich früher oder später die Frage nach dem Lebenssinn stellt und dass wir uns alle nach einer Art Unsterblichkeit sehnen. Denn trotz des angeborenen menschlichen Leichtsinns ist man mit einem intuitiven Bild der eigenen Gesamtlebensspanne ausgestattet, und früher oder später rufen uns Zäsuren, also Einschnitte im Lebenslauf, unsere Endlichkeit ins Bewusstsein. Unser täglicher Kampf mit dem Leben ist doch ein wenig wie jener zwischen Hector und Achilles. Hector wusste, dass er Achilles gar nicht besiegen konnte, weil dieser unsterblich war (das mit der «Achilles-Ferse» war im nicht bekannt). Hector trat trotzdem zum Kampf gegen Achilles an, obwohl er wusste, dass er sterben würde. Genau wie wir Menschen: Wir wissen, dass wir den Tod nicht besiegen können! Und dennoch stellen wir uns dem täglichen Kampf des Lebens. Und das ist auch gut so.

Eine zentrale Frage, die ich mir stellte, während ich «Das Mädchen und die magische Blume» schrieb war: Wie können wir ein einziges Mal im Leben den «Atem Gottes» spüren? Einmal bloss die «Schwerkraft des Lebens» überwinden und hinaufsteigen in dem Olymp – ein einziges Mal das Gefühl «erleben», unsterblich zu sein. Und letztlich sich der Angst vor dem eigenen Ende und Sterblichkeit quasi per scriptum einer Novelle entledigen. Geht das?

Hitler, der richtige Bösewicht für diese Geschichte?

Und während ich weiter las – umgeben von Kinderlärm, war ich an der Stelle angelangt in der meine kleine Marie auf Hitler trifft. Und da überkam mich ein Unbehagen. Warum diesen Mann nehmen als Metapher des Bösen? Passte dieses Monstrum der Geschichte in eine Novelle? Sollte ich nicht doch einen anderen Bösen der Geschichte nehmen? Es gibt ja deren viele. Dennoch, Hitler und den Holocaust kennt jedes Kind. Beide sind in der Novelle als Versinnbildlichung des Bösen und Schlechten zu verstehen. Doch je länger ich darüber sinnierte, desto unsicherer wurde ich. Hitler liegt schon lange zurück, ein Schatten der Geschichte, und es gibt zuhauf andere Verbrechen und Verbrecher, die man als Metapher beiziehen könnte.

Ich beschloss, Hitler zu ersetzen, einen oder mehrere andere Bösewichte für meine Novelle zu finden. So würde ich mich nicht dem Vorwurf aussetzen, Hitler und den Holocaust phrasenhaft in meiner Novelle eingesetzt zu haben.

Eben wollte ich das Manuskript zuklappen und gehen, um meinen Entscheid in die Tat umzusetzen, da hörte ich eine freundliche Stimme, die mich fragte: «Sind Sie aus der Gegend?»

Es war der Bademeister und Schwimmlehrer in Personalunion wie es schien, denn er gab einer Gruppe von kleinen Kindern Schwimmunterricht.

Ich antwortete: «Meine Eltern und Grosseltern haben hier gelebt, ich selbst bin nur dann und wann in der Gegend.»

Wir kamen ins Gespräch und er erzählte mir vom täglichen Chaos, das in dieser Gegend herrsche, von der überbordenden Arbeitslosigkeit, der Kriminalität und der Korruption und vieles mehr. Alles mir bekannte Probleme – Süditalien eben. Dennoch hörte ich aufmerksam zu, denn der junge Mann hatte in vielen seiner Ansichten absolut Recht. Dann sagte er auf einmal: «Dieses Schwimmbad wurde vor fast siebzig Jahren gebaut.» Stolz schwang in seiner Stimme mit. Ich nickte, denn schon meine verstorbene Grossmutter hatte diesen Umstand vor vielen Jahren einmal erwähnt. «Und eine grosse Persönlichkeit liess dieses Schwimmbad bauen. Dieser Mann war sehr beliebt in der Gegend, und er lud zur Einweihung des Schwimmbades eine sehr berühmte Persönlichkeit aus Deutschland ein.»

Ein mulmiges Gefühl beschlich mich.

Der junge Bademeister sprach weiter: «Heinrich Himmler persönlich hat dieses Schwimmbad eingeweiht.» Er machte eine Pause. Seine braunen Augen schauten mich freundlich an, er zögerte und seufzte: «Es muss eine schöne Zeit gewesen sein ... damals ... als noch Recht und Ordnung herrschten.»

Als er sich wieder seinem Schwimmunterricht zugewandt hatte, klappte ich mein Manuskript zu. Ich bräuchte es nicht umzuschreiben, denn ich wusste nun mit absoluter Gewissheit, dass Hitler und der Holocaust Teil meiner Novelle bleiben würde.

Alfonso Pecorelli, im Juli 2009